KB073065

멱운 장편 소설
FUSION FANTASTIC STORY

천공

삼국지

전공 삼국지 4

멱운 장편 소설

초판 1쇄 찍은 날 § 2015년 9월 21일
초판 1쇄 펴낸 날 § 2015년 9월 30일

지은이 § 멱운
펴낸이 § 서경석

편집책임 § 한준만

펴낸곳 § 도서출판 청어람
등록번호 § 제387-1999-000006호
등록일자 § 1999. 5. 31
어람번호 § 제1-2239호

주소 § 경기도 부천시 원미구 부일로 483번길 40 서경B/D 3F (우) 420-822
전화 § 032-656-4452 팩스 § 032-656-4453
http://www.chungeoram.com
E-mail § chungeorambook@daum.net

ISBN 979-11-04-90422-6 04810
ISBN 979-11-04-90353-3 (세트)

4

멱운 장편 소설

FUSION FANTASTIC STORY

진공

三國志

삼국지

도서출판 청어람

第一章　황건 소장　　　　　　　　　　7

第二章　진궁의 만전지책　　　　　　　35

第三章　여남의 맹장　　　　　　　　　49

第四章　유비와 결전을 벌이다 上　　　71

第五章　유비와 결전을 벌이다 下　　　105

第六章　여포가 온다　　　　　　　　　143

第七章　서주의 새로운 주인　　　　　　173

第八章　여포가 딸을 보내다　　　　　　195

第九章　제삼의 공격 경로　　　　　　　219

第十章　회음 전투　　　　　　　　　　235

第十一章　북방의 적을 속이다　　　　　267

第一章
황건 소장

　진국성으로 떠나기로 결정한 황소는 정릉성 안으로 돌아온 즉시 성안의 모든 양식과 금백을 수레에 실으라고 명했다.

　한편 황소의 결정을 들은 황건 소장은 아무런 말도 하지 않았다.

　어쨌든 이 결정이 조조와의 승산 없는 싸움보다는 낫다고 생각했기 때문이다. 이에 그는 아무런 반대 없이 명에 따라 사병과 백성을 지휘해 양식을 수레에 실었다.

　정릉의 군대는 지리멸렬했지만 다행히 인력만큼은 풍부해 밤 시간 동안 양식과 물자를 수레에 전부 실을 수 있었다. 이어 손관 부대의 보호를 받으며 당당하게 동쪽으로 나아갔다.

만 명이 넘는 인원이 물자를 수레에 한가득 싣고 가는데 어찌 사람들의 눈을 피할 수 있겠는가. 이 움직임은 조조 척후병에게 발각돼 곧장 조조의 귀에까지 들어갔다. 조조는 발연대로하여 당장 군사를 이끌고 식량을 약탈하기 위해 남쪽으로 출진했다.

그런데 채 5리도 가지 않았을 때 한 토산 뒤에서 황건적으로 변장한 군자군이 불쑥 모습을 드러냈다. 이들은 전투 대형으로 늘어서서 조조군의 길목을 차단했다. 조조군이 총망히 전투 대형을 갖추려고 할 때, 군자군 친병 대장 이명이 말을 몰아 출진해 싸움을 걸었다.

"나는 황건 대장 이명이다! 누가 감히 나와 백 합을 겨뤄보겠느냐!"

이명이 창을 휘두르며 기세등등하게 조조군 장수에게 출전을 요구했지만 이미 두 차례나 곤욕을 치른 조조군은 어떤 외침에도 속지 않았다.

가지런히 진용을 갖춘 다음 긴 방패로 앞을 막아 화살에 대비하고, 강노수를 전위에 배치해 적의 기사 전술을 제지했다. 이때 조조군 장수 하나가 방패 뒤에 숨어 크게 소리쳤다.

"이 비겁한 놈들아, 한 번 속지 두 번 속을 줄 아느냐! 암전이 없는 곳이라면 백 합이 아니라 오백 합도 싸울 용의가 있다!"

이명은 계속 욕을 퍼부으며 조조군 장수의 출정을 도발했으나 조조군은 꿈쩍도 하지 않았다. 이명이 조금 더 앞으로 다가가자 강궁만 쏘아댈 뿐이었다. 이에 이명은 하는 수 없이 본진으로 되돌아왔다.

이를 지켜보던 도응은 역시 조조는 조조라며 고개를 끄덕였다. 잠시 생각에 잠겨 있던 도응은 퍼뜩 무슨 생각이 들었는지 얼굴에 가짜 수염을 붙이고 숯을 바르고서 직접 진영 앞으로 나가 큰소리로 외쳤다.

"조 공, 조 공은 내 말에 답하시오!"

잠시 후 몸에 홍포(紅袍)를 두른 조조가 냉소를 띠며 앞으로 나와 물었다.

"번서 대왕, 또 무슨 가르침을 주시려고?"

"가르침이라니 당치도 않습니다. 전 다만 조 공과 거래를 하고 싶을 뿐입니다. 조 공의 이번 출정 목적을 제가 똑똑히 알고 있습니다. 굳이 말을 꺼내진 않겠습니다. 정릉의 양식과 군수가 이미 제 손에 있어서 공이 절대 빼앗을 수 없으니 정릉 식량에 대한 미련을 버리고 이만 돌아가심이 어떻겠습니까? 공과 원한을 맺고 싶진 않으니까요."

조조가 앙천대소한 후 채찍으로 도응 뒤의 군자군을 가리키며 소리쳤다.

"그대가 가진 기병 천 명으로 내 길을 막을 수 있다고 보나? 허풍이 너무 심하구나."

"제 말이 흰소리가 아님은 조 공이 누구보다 잘 아실 텐데요. 이틀 동안 우리와 세 번 전투를 치러 우리 부대가 얼마나 위험한지 잘 아시잖습니까? 조 공이 병법에 정통하고 도략에 뛰어난 건 물론 인정합니다. 정면대결을 펼치고 육박전을 벌이면 우린 그대의 상대가 될 수 없습니다. 하지만 그런 기회가 과연 올까요? 그대의 부대는 우릴 쫓아올 수도, 공격할 수도 없는데 무슨 소용이겠습니까?"

이 말에 조조는 먼저 화를 가라앉힌 연후에 다시 한 번 크게 웃었다.

"맞소. 우리는 그대를 쫓아갈 수도, 공격을 가할 수도 없소. 그러나 그대의 식량 부대와 보병은 충분히 공격이 가능하오. 난 이걸로 만족하오."

"조 공, 착각이 지나치십니다. 그대가 우리 식량 부대와 보병을 공격할 수 있는 것처럼 우리도 그대의 퇴로를 끊고 영채를 습격할 수 있습니다. 하여 그대가 정릉의 양식을 빼앗았다 해도 우리에겐 도로 빼앗거나 아예 불질러 버릴 기회가 있습니다. 심지어는 양식을 빼앗기기 전에 불을 놓아 전부 소각하는 것도 가능합니다. 어쨌든 우리는 진국성의 양식이 있어서 정릉의 양식이 절실하게 필요하지는 않습니다. 하지만 그대는 하루라도 빨리 양식을 취해야 하지 않습니까? 그렇지 않으면 그대의 군대는 초근목피로 연명해야 할 테니까요."

"네놈이 날 희롱하느냐?"

"조 공은 참 운이 없습니다. 이곳이 험준한 촉도(蜀道)나 하천과 호수가 밀집된 강남 수향(水鄕)이었다면 기병 천 명으로는 절대 그대의 적수가 될 수 없어 공격 한 번에 전멸을 면키 어려웠을 것입니다. 그러나 불행히도 이곳 여남은 지세가 탁 트이고 수림이 적은 황야 지대라 우리에게 절대적으로 유리합니다. 그대의 무력이 아무리 강해도 절대 우리를 쫓아오거나 공격할 수 없습니다. 그러니 조 공은 차분히 마음을 가라앉히고 저와 누이 좋고 매부 좋은 거래를 하심이 어떻겠습니까?"

이에 조조는 버럭 화를 내며 욕을 퍼부었다.

"이 간사한 놈아, 함부로 나불대지 마라. 내가 새로 기병을 양성하는 날이 네 제삿날이 될 것이다!"

"조 공의 재능이라면 우리 기병을 모방하는 것이 결코 어려운 일이 아님을 잘 알고 있습니다. 하지만 애석하게도 이런 기병은 하루아침에 뚝딱 만들어지지 않습니다. 제가 이 기병을 양성하는 데 얼마나 많은 공을 들인지 아십니까? 게다가 귀한 전마도 대부분 죽거나 제게 빼앗겼는데, 어디에 전마가 있어서 기병을 조직한단 말입니까?"

조조는 대로하여 얼굴이 붉으락푸르락했지만 마땅히 대꾸

할 말이 없어 채찍으로 도옹을 가리키며 말했다.

"그럼 말해보시오. 나와 어떤 거래를 원하는 것이오?"

"조 공은 당세의 호걸답게 포기할 건 빨리 포기할 줄 아시는군요. 그럼 말씀드리리다. 제가 공과 하고 싶은 거래는 공이 정릉의 식량을 건드리지 않는다면 저도 공이 하의 형제의 소굴을 치고 식량을 빼앗는 데 방해하지 않겠습니다. 정릉과 진국의 전량은 제가 취하고, 여남과 영천 등 다른 성지의 전량은 공이 모두 취하십시오. 서로 침범하지 않는다면 쌍방에게 모두 좋은 일 아니겠습니까?"

조조는 앙천대소하더니 코웃음을 치며 말했다.

"이건 그대에게 이득이 아닌가? 황소는 내 공격 한 번이면 무너뜨릴 수 있소."

"하지만 공도 잊지 말아야 할 것이 있습니다. 여남에서 제가 공의 공격을 방해한다면 하의 형제 수중의 전량을 과연 순조롭게 빼앗을 수 있을까요? 그리고 저야 정릉과 여남의 양식이 꼭 필요한 것은 아니라 다 불살라 버려도 상관없습니다. 하지만 공에게 이런 상황이 닥치면 무엇으로 군사의 배를 채우고, 또 무엇으로 여포와 전쟁을 벌이겠습니까?"

"이 후안무치한 간적 놈아, 마음이 아주 사갈과 같구나!"

조조는 채찍을 들어 한바탕 욕을 퍼붓다가 묘한 눈빛을 하고 도옹을 뚫어지게 쳐다봤다. 그러더니 희미한 미소를 짓고는 큰소리로 말했다.

"좋소. 그대의 제안을 수락하리다. 하지만 내게도 조건이 하나 있소."

"무엇이든 말씀하십시오."

조조가 담담하게 말했다.

"나와 동맹을 맺읍시다. 내가 연주로 돌아가 여포와 다시 전쟁을 개시할 때, 도 공자도 반드시 여포와 개전을 선포해 내가 연주를 탈환하는 데 도움을 주시오. 그대가 나의 우군이 되어준다면 내 부친을 살해한 원한은 다시 묻지 않으리다."

말이 청산유수와 같던 도응은 조조의 말에 그만 입이 얼어붙었다. 잠시 후 도응은 가짜 수염을 떼고 얼굴을 닦더니 예를 갖추고 웃으며 말했다.

"명공의 안목에 감탄했습니다. 백 보나 떨어진 거리에서도 제가 변장한 걸 알아채시다니요."

조조가 고개를 저으며 대답했다.

"보고 안 것이 아니라 듣고서 안 것이오. 그대가 계속 이곳 말씨를 쓰고 있었지만 발음이 어색해 딱 듣기에도 타지 사람 같았소. 내 앞에서 말씨까지 위장했다면 그건 나를 만난 적이 있지만 내게 정체를 들키고 싶지 않은 사람 아니겠소? 그리고 그대의 체형도 기억하고 있어서 어렵지 않게 알아챌 수 있었소. 그대가 바로 내 앞에서 기름솥에 뛰어든 도응 공자란 사실을 말이오!"

도응은 내심으로 깊이 탄복하고 공수하며 말했다.

"명공, 방금 전에 제시한 조건은 제가 수락하기 어렵습니다. 여포는 서주의 은인입니다. 제가 비록 성현은 아니나 은혜는 반드시 갚아야 함을 알기에 명공과 연합해 여포를 협공하는 일은 실로 할 수 없습니다. 양해해 주시기 바랍니다."

그러더니 한마디를 더 덧붙였다.

"하지만 염려 마십시오. 명공이 제 목숨을 살려주신 은혜에 보답하기 위해서, 명공과 여포 사이에 교전이 벌어졌을 때 절대 여포를 도와 출병하지 않고 공평하게 중립을 지키겠습니다."

조조는 대범하게 손을 젓고 말했다.

"좋소, 그건 그리 알겠소이다. 그리고 도 공자는 양식을 호송해 진국으로 가시오. 나도 군대를 거둬 영채로 돌아가리다. 하지만 여남과 영천 성지의 양식은 손가락 하나라도 건드려서는 안 되오. 다시 또 소란을 피워 내 대사를 망치지 말아주시오."

"당연하지요. 저는 양식이 부족하지 않아 조금 많든 적든 아무 상관이 없습니다. 게다가 명공이 양식이 부족해서 여포에게 패하길 바라지도 않습니다. 그러면 서주는 더 위험해질 테니까요."

조조는 큰소리로 웃음을 터뜨리며 말했다.

"하하, 솔직히 말해서 애초에 왜 그대를 베지 않았는지 내 지금 갈수록 후회가 되는구려. 원래는 그대의 손을 빌려 유비를 견제하려 한 것인데, 유비를 묶는 데는 성공했지만 오히려 용 한 마리를 키운 꼴이 되었소. 하하하!"

"착한 사람에게는 좋은 보답이 있는 법입니다. 훗날 명공이 절 살려둔 걸 다행으로 여길 날이 있을지도 모를 일 아니겠습니까?"

"하하, 그런 날이 꼭 오길 바라리다."

조조가 또 한 번 크게 소리 내 웃자 도응도 따라서 크게 웃었다. 웃음을 그친 뒤 도응은 즉각 군대를 거둬 퇴각하라 명했고, 조조도 군대를 철수해 영채로 돌아갔다.

조조군이 한창 퇴각하고 있을 때, 참모인 순유가 조조 곁에 다가와 낮은 목소리로 물었다.

"주공, 정말 식량 탈취를 포기하실 생각입니까? 도응 놈의 기병은 확실히 상대하기 까다롭습니다만 그의 보병은 우리 적수가 안 됩니다. 이렇게 포기하기는 너무 아까운 생각이 듭니다."

"도응이 이미 대비를 하고 있어서 식량을 탈취하기란 쉬운 일이 아니오. 게다가 그는 식량이 모자라지 않은 상황이라 혹시라도 정말 식량을 불태워 버리면 아군은 끝장이오."

여기까지 말한 조조의 얼굴에 갑자기 간드러진 미소가 떠오르더니 음흉한 목소리로 말했다.

"도응에게 여남과 영천의 전량을 공평하게 나누자고 한 것은 사실 그의 긴장을 늦추게 하기 위해서였소. 그의 마음이 풀어져 대비가 전혀 없을 때 즉각 기습을 가하여 전량을 탈취하고 도응의 수급을 벨 것이오!"

이에 순유가 다시 물었다.

"간사한 도응이 철저히 대비하고 있으면 어찌합니까?"

"그렇다면 남하해 여남의 전량을 탈취하면 그만이오. 그리하여 일단 발등의 불을 끈 연후에 군사를 진국성으로 돌려 그곳의 전량을 빼앗을 생각이오."

그 시각, 군자군 진영에서는 도기가 도응 곁으로 가 물었다.

"형님, 정말 이렇게 끝낼 겁니까? 조조는 서주와 불공대천의 원수인데 여남과 영천의 전량을 나눠주다니요?"

"잠시 그를 진정시킬 필요가 있어서 내린 결정이다. 우리 군자군이야 조조군이 두렵지 않지만 보병은 다르다. 만약 조조가 희생을 감수하고서라도 식량을 약탈하러 오면 우리는 이를 다 태워 버리는 방법밖에 없다. 그러면 너무 아깝지 않느냐? 하여 전량을 공평하게 나누자는 구실로 조조를 잠시 안심시켰다가 정릉의 양초를 진국으로 다 옮긴 연후에 군자군이 즉각 여남으로 남하할 것이다. 무슨 방법을 써서라도 하의의 식량을 모두 불살라서 한 톨이라도 조적 놈에게 남겨두지 않을 작정이다."

도기가 이 말에 크게 기뻐하자 도옹이 꾸짖듯 말했다.

"너무 기뻐하기는 이르다. 우리가 잠시 조조를 안심시켰다고 하나 조조가 우리 생각대로 움직여주겠느냐? 이 간적 놈은 교활하기 이를 데 없다. 전에 누군가 그에게 투항했는데, 그는 거짓으로 이를 받아들인 다음 아무 준비도 없는 성을 밤에 급습해 약탈한 자다. 그래서 정릉의 양식을 진국까지 옮기기 전까지는 절대 긴장을 늦춰서는 안 된다."

도기가 결연히 대답하고 돌아서려 하자 도옹이 다시 일렀다.

"참, 당장 군사에게 연락을 취해 전서구를 서주로 보내라고 일러라. 조조가 여남에 있으니 이 소식을 여포에게 알려 그가 조조 후방을 교란하도록 만들라고 보내면 된다. 진원룡이 알아서 처리할 것이다."

*　　　　　*　　　　　*

천지 사방이 한 치 앞도 분간이 가지 않을 정도로 눈보라가 세차게 휘몰아치고 있었다. 이렇게 캄캄하고 바람도 세찬 밤에는 적을 기습해 불을 놓기 안성맞춤이다.

모닥불과 횃불이 드문드문 보이는 조조군 대영에서 홀연히 일지 군마가 소리 없이 모습을 드러냈다. 횃불도 없이 군사들은 입에 나무를 물고 말 입에는 쇠고리를 두른 채 조심스럽게 영문을 열었다. 이들은 눈보라의 엄호를 받아 은밀히 남쪽 방향을 향해 전진했다.

그런데 10여 리쯤 행군했을 때, 조조군 앞에서 갑자기 불빛이 환하게 비치더니 흰색 털가죽을 두른 기병 부대가 귀신처럼 모습을 나타냈다.

이들은 마치 기다리고 있었다는 듯 횃불을 들고 조조군을 향해 활을 메기고 있었다.

바람에 펄럭이는 이 부대의 삼면 대기 가운데 깃발에는 '군자' 두 글자가 씌어 있고, 좌우 양쪽 기에는 각각 '인의예지신'과 '온량공검양'이 씌어 있었다.

영채를 몰래 빠져나와 정릉의 식량 운반 부대를 기습하려던 조조군은 홀연히 나타난 군자군 때문에 진영이 소란스러워졌다.

이내 정신을 차리고 응전 태세를 갖추는 사이, 조조는 장수들에게 횃불을 밝히라 명하고 직접 말을 몰아 앞으로 달려가 도응을 향해 큰소리로 웃으며 말했다.

"하하, 도응 공자, 또 만났구려. 그런데 이건 무슨 뜻이오? 오늘 오후에 여남과 영천의 전량을 공평히 나누고, 우리의 여남 하의 공격을 방해하지 않기로 약조하지 않았소? 오늘밤 내친히 군사를 이끌고 여남으로 남하하는 중인데, 공자는 왜 우리 길을 가로막고 있는 것이오?"

"뻔뻔한 저 늙은 놈을 내 아주……."

도기가 발연대로하여 혼잣말로 욕을 퍼붓고는 앞으로 달려들려 하자 도응이 재빨리 이를 만류했다. 이어 그가 앞으로 나가 조조에게 공수하고 대답했다.

"그건 명공의 오해입니다. 저는 명공의 여남 하의 공격을 막으려는 것이 아니라 한 가지 묻고 싶은 것이 있어서 기다리고 있었습니다. 명공이 하의를 공격하는 데 도와드릴 것이 없는지 말입니다. 어찌됐든 명공이 황소의 주력 부대를 궤멸하는 도움을 주셨으니 정리상 기꺼이 명공의 은혜에 보답해야지요."

이에 조조는 큰소리로 웃으며 말했다.

"공자의 호의는 고맙소만 사양하겠소이다. 하의 형제 같은 오합지졸은 아군 병사만으로도 충분하오."

"그러시다면 저도 마음이 놓이는군요. 하지만 눈보라가 심한 밤길이라 혹여 매복이 기다리고 있을지도 모르니 단단히 신경 쓰십시오."

조조는 애초에 도응의 목을 베지 않은 것이 갈수록 후회가 되었다. 적을 살려두었더니 평생 우환거리로 돌아온 꼴 아닌가. 하지만 겉으로는 억지로 웃음을 띠며 말했다.

"공자의 충고는 내 명심하리다. 공자의 말처럼 아무래도 날씨가 너무 좋지 않아 오늘 행군은 무리라는 생각이 드오. 공자가 먼저 철수하면 나도 군사를 이끌고 영채로 돌아가야겠소. 인연이 있으면 다시 만납시다."

도응도 예를 갖춰 화답한 후 손을 휘저어 군자군에게 철군하라고 명을 내렸다.

조조는 멀어져 가는 군자군의 뒷모습을 바라보며 두 주먹을 불끈 쥐었다. 입에서는 욕지기가 튀어나왔지만 달리 방도가 없어 군사들에게 큰소리로 외쳤다.

"전군은 이만 철수한다. 영채로 돌아가 하룻밤 쉬고 내일 여남으로 내려가자!"

조조의 명에 곁에 있던 이전(李典)이 고개를 갸웃하며 물었다.

"주공, 정말 철군합니까? 도응의 운량을 습격하러 가는 것 아니었습니까?"

"도응이 이미 대비하고 있는데 습격이 성공할 것 같은가? 하는 수 없다. 먼저 여남으로 내려가 하의 형제의 전량을 취해 눈앞의 불을 일단 끄고 다시 생각해 보자. 휴, 내 어찌 이리 사람을 볼 줄 몰랐단 말이냐? 후회막급이구나, 후회막급이야!"

같은 시각, 후퇴하는 군자군 대오에서 도기가 못마땅한 표정으로 도웅에게 물었다.

"형님, 조적 놈이 신의를 저버리고 우리 식량을 기습하려 했습니다. 당연히 공격을 가해 따끔한 맛을 보여줘야 하는데 왜 그냥 물러나는 것입니까?"

도웅이 이맛살을 찌푸리며 대답했다.

"어쩔 수 없어서다. 눈보라가 몰아치는 이 밤에 저들을 전멸시키는 것이 가능할 것 같으냐? 만약 오늘 저들이 패한다면 식량을 진국으로 옮기기까지 우리에게 이판사판 달려들 것이다. 그럼 식량을 지키기도 만만치 않고 병사들의 피해도 속출할 것이 빤해 경고만 하고 잠시 참은 것뿐이다. 복수는 전량을 진국까지 안전하게 운송한 후 해도 늦지 않다."

*   *   *

이튿날 아침, 기습이 수포로 돌아간 조조는 6천 군사를 거느리고 관도를 따라 황건적 하의 형제가 도사리고 있는 여남 양산(羊山)을 향해 진격했다.

쉬지 않고 남하한 덕에 그날 여남 경내로 진입했고, 이튿날에는 정영(定穎)에 당도한 후 무수를 건너 전속력으로 양산을 향해 질주했다.

조조군은 도웅에게 식량이 절반 가까이 불타 지체할 시간이 없었다. 최대한 빨리 하의 형제에게서 식량을 빼앗아야 심각한 양초 부족 문제를 해결하는 것이 가능했다.

한편 조조군의 행방을 예의 주시하던 군자군 척후병은 조조군이 무수를 건넌 것을 보고 속히 돌아와 도웅에게 보고했다.

이에 조조가 하의를 치러 간 것을 확인한 도웅은 군자군에게 모두 황건적 복장으로 갈아입으라고 명한 후, 노숙과 손관이 거느린 전량 호송 부대와 합류하기 위해 동쪽으로 말을 달렸다.

군자군이 조조군을 견제하는 사이, 식량 호송 부대는 이미 여양을 지나 진국군 경내에 이르렀다. 그제야 도웅은 황건적 수령인 황소를 만나볼 수 있었다.

황소는 도웅을 처음 만났을 때, 그의 나이가 너무 젊은 것을 보고 깜짝 놀랐다. 이렇게 어린 자가 황건 무리를 이끌고, 게다가 막강한 조조군을 격퇴했다는 사실이 믿기지 않았다. 하지만 어쨌든 그 덕에 목숨을 부지했는데 무슨 상관이랴! 황소는 연신 고개를 꾸벅이며 감사 인사를 건넸다.

도응은 형식적인 답례를 건네고 이들을 언제 제거할지 생각해 보았다. 이 많은 전량을 운반해야 하니 지금 당장보다는 진국성까지 가까이 가서 손을 쓰는 것이 낫겠다는 생각이 들었다.

이에 인사를 나누고 돌아가려는데 뜻밖의 소동이 발생했다. 군자군 대오 쪽에서 떠들썩한 소리와 욕 소리가 시끄럽게 들려온 것이다.

도응과 황소 등은 깜짝 놀라 서둘러 소리가 나는 쪽으로 달려갔다.

사건 현장에서는 이미 험악한 분위기가 연출되고 있었다. 군자군 10여 명이 남루한 차림의 황건적 소장 하나를 에워싸고 육박전을 벌이고 있었던 것이다.

그런데 그 황건 소장은 몸놀림이 날렵하고 진퇴에 절도가 있어서 수적 열세에도 전혀 밀리지 않았다. 오히려 군자군 사병 몇 명이 바닥으로 나뒹굴었다.

황건 소장의 무예에 겁을 먹고 다들 주춤하는 사이, 도응이 다가와 크게 소리쳤다.

"다들 멈추고 물러서라!"

황소 역시 화가 난 목소리로 소리쳤다.

"네 이놈! 여기서 뭐하는 짓이냐? 우리 목숨을 구해준 번 대왕 장사들에게 이 무슨 무례한 행동이냐!"

그 황건 소장은 억울하다는 듯 고함을 질렀다.

"대왕, 소장은 아무 잘못도 없습니다. 저들이 먼저 시비를 걸어왔습니다. 소장은 단지 번 대왕 말의 발굽에 달린 반원형 쇠가 기이해서 무엇인지 물어보았을 뿐인데, 저들이 다짜고짜 소장을 공격했습니다. 그래서 소장도 어쩔 수 없이 되받아친 것입니다."

이 말에 도웅은 속으로 깜짝 놀랐다. 황건적 안에 편자의 존재를 눈치챈 자가 있었다니. 저런 인재가 어째서 황건적이 되었단 말인가. 도웅은 잠시 더 이 상황을 지켜보기로 마음먹었다.

이때 도기와 진덕 등 군자군 장수들이 도웅에게 자초지종을 설명했다.

군자군과 전량 호송 부대가 합류한 뒤, 저 황건 소장이 자꾸 군자군 대오를 따라오며 끊임없이 질문을 하는데 전부 다 군자군의 절대 기밀과 관련된 내용이라는 것이었다.

군자군이 어떻게 말을 달리면서 고개를 돌려 활을 쏠 수 있는지, 안장 앞뒤에 있는 구멍은 무엇인지 물어 아무도 그를 상대해 주지 않았다.

그런데 이 황건 소장이 편자의 비밀에까지 관심을 가지자 군자군 장수들이 눈짓을 주고받고 이 황건 소장을 제거해 살인멸구(殺人滅口)할 계획을 세웠다는 것이다.

도기 등의 자세한 설명을 들은 도응은 알았다는 듯 고개를 끄덕이더니 황소에게 웃으며 말했다.

"황 대왕, 다 오해에서 빚어진 일입니다. 우리 장사들이 성격이 포악해 말보다는 주먹이 먼저 나갔군요. 오해도 다 풀렸으니 그만 없었던 일로 합시다."

"감사합니다, 번 대왕."

황소는 도응이 화를 내지 않는 것을 보고 안도의 한숨을 내쉬더니 급히 그 황건 소장에게 소리쳤다.

"숙지(叔至), 빨리 나와서 번 대왕께 사죄하지 못하겠느냐?"

'숙지라고?'

도응은 하마터면 손에 든 채찍을 땅에 떨어뜨릴 뻔했다. 그는 곧장 그 황건 소장에게 달려가 놀란 얼굴로 물었다.

"그대가 바로 진도(陳到)요?"

황건 소장 역시 그가 자기 이름을 아는 것에 놀라 공수하고 대답했다.

"대왕께 아룁니다. 소장이 바로 진도이옵고, 자는 숙지입니다. 소장이 말이 많아 대왕의 장사들을 성나게 한 점 깊이 사과드립니다."

"별일 아니니 장군은 신경 쓰지 마시오."

도응은 대범하게 손을 내젓고 뛰는 가슴을 진정시켰다. 곧 있으면 유비의 수하로 들어가 조자룡과 같이 언급되는 진도를 여기서 만나게 될 줄이야!

그에 관한 사료가 거의 없어 어떤 활약을 펼쳤는지 알 길은 없지만 조자룡과 세트로 언급됐다는 점에서 분명 대단한 장수일 거라고 생각했었다. 그런데 직접 그를 만나 보니 상상한 것 그 이상이었다.

일원 맹장이 절실하게 필요했던 도응은 진도를 꼭 수중에 넣고 싶었다.

도응은 황소와 대충 인사를 마치고 급히 군자군 대오로 돌아와 도기와 연빈 등 장수들에게 신신당부했다.

"진국성 아래에 이르러 손을 쓸 때 진도를 꼭 내 앞에 데려와라. 절대 산 채로 데려오고 달아나게 해서는 안 된다. 설사 황소는 놓치더라도 절대 진도를 놓쳐서는 안 된다. 알겠느냐!"

도기와 연빈 등은 진도에게 감정이 남아 있었지만 도응의 추상같은 명에 할 수 없이 고개를 숙여 대답했다.

30리쯤 더 행군해 정릉의 식량 운반 부대가 마침내 진국성 아래에 당도하자 서성이 군사를 이끌고 나가 이들을 맞이했다. 진국성 성지가 견고하고 병마가 웅장한 것을 본 황소는 이제 살았다는 듯 크게 기뻐하며 도응에게 감사를 표시했다.

"번 대왕, 정말 감사하오. 이렇게 견고한 성지가 있고, 이렇게 웅장한 병마가 성을 지키니 이 황소는 이제 목숨을 부지할 수 있게 됐소이다."

이 말에 도응은 미소를 짓더니 낭랑하게 말했다.

"황 대왕, 과연 그럴까요? 그대는 악행을 너무 많이 저질렀소. 돈과 식량을 약탈하고 살인과 방화는 물론 부녀자를 강탈하여 무고한 백성들에게 큰 해를 입혔소. 만약 그대를 죽이지 않는다면 백성들에게 뭐라고 설명하겠소?"

황소가 크게 놀라며 물었다.

"번 대왕, 그게 대체 무슨 말이오?"

"바로 이 말이다!"

곁에 있던 손관이 대갈일성을 지르며 칼을 들고 황소에게 달려가 그의 목을 베어버렸다. 황소의 목이 하늘로 날아감과 동시에 도응과 손관의 장령들이 일제히 칼과 창을 뽑아들고 황건적 장수들을 포위했다.

이때 도응이 가짜 수염을 떼고 날카로운 목소리로 크게 소리쳤다.

"잘 들어라! 나는 바로 대한 서주자사부의 점군사마 도응이다. 백성을 위해 악인을 제거하러 이번에 특별히 여남과 영천의 황건 도당을 토벌하러 왔다. 지금 황건적 원흉이 주살됐으니 땅에 엎드려 투항하는 자는 죽이지 않고 살려주겠다!"

군자군과 서주 보병은 도응의 신호에 따라 황소 대오를 향해 즉각 칼과 창을 겨누었다.

전방의 서성 부대도 일제히 함성을 지르며 돌격해 들어오자 황건적 무리는 어찌할 바를 몰라 진용이 크게 어지러워졌다.

대세가 이미 기운 것을 본 황건 장수들이 무기를 버리고 투항하자 병사들도 일제히 땅에 엎드려 목숨만 살려달라고 애걸했다.

이미 대세가 결정된 것을 확인한 도응은 급히 진도를 찾았다. 그런데 한쪽에서 도기 등 군자군 수십 명이 한 장수를 포위한 광경이 눈에 들어왔다. 다급해진 도응은 서둘러 그곳을 향해 말을 달렸다.

진도에게 앙금이 남아 있는 도기는 원래 그를 고슴도치로 만들고 싶었다. 하지만 도응의 명도 있고 해서 그를 사로잡으라고 군자군 몇 명을 보냈는데 그만 진도의 칼에 희생되고 말았다.

무예가 어찌나 고강한지 군자군은 진도를 겹겹이 포위만한 채 감히 달려들지 못하고 있었다.

이에 도기는 한 가지 꾀를 냈다. 먼저 군자군 사병들에게 뒤로 잠시 물러나게 한 후 진도에게 그물을 던지게 했다.

아무리 무예가 뛰어나다 해도 날아오는 그물을 피할 수는 없었다.

이에 진도가 그물에 걸려 옴짝달싹 못하자 군자군 사병들이 잽싸게 달려들어 그의 무기를 빼앗고 밧줄로 그를 포박했다.

그때 마침 도웅이 현장으로 달려왔다.

군자군은 진도를 끌고 와 도웅 앞에 무릎을 꿇렸다. 씩씩거리며 끌려온 진도가 도웅을 응시하며 크게 소리쳤다.

"패장은 말이 없는 법. 어서 죽이시오!"

도웅은 미소를 지으며 진도에게 말했다.

"숙지 장군, 어찌 황건 두령을 위해 쉬이 목숨을 버리려 하시오?"

"황소가 비록 내 말을 듣지 않아 이 지경에 이른 건 맞소이다. 정예 군사를 키우라고 해도, 성을 견고하게 쌓으라고 해도, 또 번 대왕의 호의에 분명 속임수가 있을 것이라고 권해도 듣지 않았소. 하지만 그는 부모를 잃고 천애고아가 된 날 따뜻하게 받아준 유일한 사람이었소. 그의 악행이 수만 가지가 넘는다고 해도 난 절대 그를 버릴 수가 없소. 그러니 어서 날 그의 곁으로 보내주시오."

그러자 갑자기 도웅이 벽력같은 소리로 진도를 꾸짖었다.

"그깟 하찮은 인정 때문에 대의를 저버리려는 것이오! 한의 기강이 무너지고 천하가 크게 어지러운 지금, 남아로 태어났다면 응당 사직을 붙들고 만민을 위해 천하의 간적 무리를 소탕해야 하거늘 어찌 사사로운 정에 매달린단 말이오! 내 사람을 잘못 봤구려. 여봐라! 당장 저자를 끌어내 목을 베어라!"

진도는 대의명분을 앞세우는 도응의 말을 듣고 얼굴에 부끄러운 빛이 가득했다.

그는 땅에 머리를 찧고 눈물을 뿌리며 하늘을 향해 울분을 토해놓았다.

"황소야, 너는 어찌 이런 주군이 되지 못한 것이냐! 내 그대를 일찍 만나지 못한 것이 한스러울 따름이오!"

이 말에 도응은 앙천대소하더니 도기의 허리춤에서 칼을 뽑아 친히 진도의 밧줄을 자르고 말했다.

"진 장군, 아직 늦지 않았소. 그대는 천하에 보기 드문 인재요. 이제부터라도 내 휘하에서 뜻을 펼쳐보지 않겠소? 진정한 명장으로 거듭나 내 기대를 저버리지 말아주길 바라오."

진도는 도응이 일개 항장의 밧줄을 손수 풀어주고 따뜻한 말로 회유하는 모습에 크게 감격했다.

그는 두 무릎을 꿇고 머리를 조아리며 울음 섞인 목소리로 대답했다.

"소장 진도, 장군이 살려주신 은혜에 목숨으로 보답하겠습니다!"

"하하, 내 장군을 얻은 것은 오른팔을 얻은 것과 같소이다!"

도웅은 큰소리로 웃으며 진도를 부축해 일으켜 세웠다.

일원 대장을 얻었다는 생각에 흐뭇한 미소를 짓던 순간, 그의 머릿속에 한 가지 생각이 스쳐 지나갔다.

'잠깐만! 여남 땅에도 분명 일원 맹장이 있었는데… 누구지? 아, 왜 생각이 나지 않는 거냐고!'

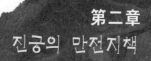

第二章
진궁의 만전지책

　도응이 예주에서 황건적을 격퇴하고 있을 때, 서주에서는 여전히 치열한 암투가 벌어지고 있었다.

　가장 먼저 움직인 이는 바로 유비였다. 유비는 간옹을 산양에 사신으로 보내 조조군의 남침을 막는다는 핑계로 여포에게 결맹을 청하는 한편, 자발적으로 군량 1만 휘를 내주겠다고 약속했다.

　기근에 시달리는 여포는 이게 웬 떡이냐며 기쁘게 유비의 청을 받아들이고, 또 허사를 사신으로 임명해 간옹과 함께 소패로 보내 양식을 좀 더 내줄 수 있는지 묻도록 했다.

허사가 소패에 당도하자 유비는 약속대로 식량 1만 휘를 내주었다. 허사는 크게 기뻐하며 이를 접수하고 식량을 좀 더 빌려줄 수 있는지 물었다.

그러자 유비는 기다렸다는 듯 도겸 부자에게 식량을 빌리는 것이 어떻겠느냐고 건의했다.

허사가 이 전언을 가지고 산양군 창읍성(昌邑城)으로 돌아가자 여포의 모사인 진궁은 좋은 생각이라며 찬동을 표했다. 이에 여포는 즉시 허사와 왕해(王楷)를 서주로 파견해 함께 동맹을 맺어 조조에 대항하는 조건으로 식량 20만 휘를 빌려달라는 서신을 전하게 했다.

허사와 왕해가 서주에 도착해 이런 내용이 담긴 서신을 전달하자 진등과 도상은 미리 준비한 계책에 따라 움직였다. 이들은 먼저 두 사신에게 도겸이 병상에서 일어나지 못해 정무를 돌볼 수 없음을 알렸다.

그런 다음 도겸이 서주 정무를 모두 도응에게 맡겼는데, 마침 도응이 예주로 황건적을 토벌하러 가 서주에 없으니 이 일들은 도응이 돌아오는 대로 꼭 처리하겠다고 대답했다.

이어 도상은 자신의 재량으로 서주를 위기에서 구해준 여포의 은혜에 보답하기 위해 먼저 식량 1만 휘를 내주겠다고 말했다.

옆에 있던 진등도 도응이 전부터 나라를 위해 동탁을 제거한 여포의 의거에 탄복하여 교분을 맺고 싶어 했으니 식량 문제는 걱정하지 말라고 맞장구쳤다.

이와 함께 진등은 허사와 왕해에게 뇌물로 금은보화를 건네며 여포에게 잘 말해달라고 부탁했다. 두 사람은 크게 기뻐하며 예물과 식량 1만 휘를 가지고 산양으로 돌아가 여포에게 진등과 도상의 말을 전했다.

"일이 그렇게 된 것이로군. 알았다. 수고 많았으니 오늘을 돌아가 쉬도록 해라."

여포는 허사와 왕해의 입을 통해 서주 문무 관원들이 순순히 식량 1만 휘를 내주고 자신에게 존경을 표했다는 얘길 전해 듣자 득의양양해 만면에 웃음을 띠었다.

"도겸 부자가 그래도 은혜를 갚을 줄 아는 사람들이야, 하하! 도응이 서주로 돌아와 식량 20만 휘를 빌려주면 단숨에 연주를 손에 넣고 말겠어."

"과연 그럴까요?"

이때 곁에 있던 진궁이 냉소를 지으며 여포에게 말했다.

"주공, 아직 기뻐하기는 이릅니다. 제가 보기에 도응이 서주로 돌아와도 온후(溫侯)께서는 식량 한 톨도 얻지 못할 것입니다. 이 1만 휘가 도겸 부자가 주는 마지막 식량일 테니까요."

온후는 여포가 동탁을 죽이고 얻은 봉작이다. 이 말에 여포는 의아해하며 물었다.

"공대(公臺), 그게 무슨 말인가?"

"일의 내막을 설명드립죠. 전에 유비가 동맹을 맺자며 식량을 준 의도는 근본적으로 조조를 노린 것이 아니라 서주를 노린 것입니다. 유비는 고작 식량 1만 휘로는 아군에 아무런 도움도 되지 않아 주공이 더 많은 식량을 요구하리란 사실을 잘 알고 있었습니다. 이에 이 기회를 노려 도겸 부자에게 동맹을 맺어 식량을 빌리라고 사주한 것입니다. 만약 도겸 부자가 아군의 요구에 응하면 막중한 부담을 지게 될 테고, 만약 응하지 않으면 주공에게 서주를 공격하라고 꼬드길 요량을 가지고 있습니다. 이리하여 서주가 혼란에 빠지면 유비는 이 틈을 타 어부지리로 서주를 병탄할 숙원을 이룰 생각인 것입니다."

"공대, 어찌 유비를 이리도 중상모략하는가? 유비는 호의로 아군에게 식량을 지원하고, 또 도겸 부자에게 식량을 빌리라고 권했는데 서주를 병탄하다니?"

"주공은 유비를 너무 모르십니다. 유비는 가슴에 큰 뜻을 품은 자입니다. 그가 서주에 객거(客居)한 후 은덕을 널리 베풀어 사람 마음을 산 이유는 모두 서주 5군을 집어삼키기 위해서였습니다. 하지만 도겸 부자도 이를 경계해 도응이 서정을 떠나면서 장패를 유현에 주둔시켰습니다. 유비가 빈틈을 노려 무력으로 서주를 탈취하지 못하도록 방비한 것이죠. 이에 유비는 군사력이 약하고 개전의 구실이 없어 이런 차도살인의 흉계를 꾸민 것입니다. 거짓으로 아군과 동맹을 맺고 서주 전장에 주공을 끌어들여 주공이라는 칼로 적인 도겸 부자를 죽인 후 서주를 병탄할 기회를 노리겠다는 생각이죠."

진궁의 조리 있는 설명에 여포는 말문이 막혀 버렸다. 그러더니 갑자기 발로 책상을 차며 분노의 고함을 내질렀다.

"귀 큰 도적놈이 감히 날 우롱했단 말이냐! 내 이놈을 당장 죽여 버리고 말리다!"

"주공을 우롱한 것은 유비만이 아닙니다. 도겸 부자도 마찬가지입니다. 도겸이 비록 중병에 걸렸다 하나 스스로 우리와 동맹을 맺고 식량을 빌려줄 권한이 있습니다. 그런데 왜 서주의 일을 도응이 맡아서 처리하게 됐다고 말했을까요? 또 식량 1만 휘를 주며 시간을 끌었을까요?"

여포는 얼굴이 더욱 붉어지며 물었다.

"왜인가?"

"만약 주공이 원하는 식량을 주게 되면 부담이 막중해질 테고, 그렇다고 거절한다면 주공의 보복이 두려웠기 때문입니다. 유비라는 내환까지 있는 상황에서 어떤 결과가 빚어질지는 상상하기 어렵지 않습니다. 그래서, 도겸은 이런 핑계를 대고 우리 요구를 응낙하지도, 거절하지도 않은 채 식량 1만 휘만 내주어 잠시 주공을 안심시킨 것입니다. 아군이 조조군과 다시 개전할 때까지 시간을 끌다가 낯빛을 바꿀 요량이겠죠."

진궁의 말에 여포는 발연대로하여 큰소리로 노호했다.

"이 간사한 놈들을 내 절대 가만두지 않겠다! 도겸 부자가 날 거지 취급했으니 나 역시 그들에게 식량을 구걸할 마음이 추호도 없다! 당장 대군을 이끌고 남하해 먼저 유비를 없애고 도겸을 멸한 후 서주 5군을 꼭 수중에 취하고 말겠다!"

"주공, 잠시 노여움을 가라앉히시고 제 얘길 더 들어보십시오. 사실 유비가 사신을 보내 동맹을 청할 때, 저는 이미 유비의 차도살인 속임수를 간파하고 있었습니다. 다만 이를 알리면 주공이 화를 참지 못해 절호의 기회를 놓칠까 두려워 말하지 않은 것뿐입니다."

"이미 이 계책을 알고 있었다고? 그런데 왜 진즉 내게 말하지 않아 이 간적 놈들에게 우롱을 당하게 만든 것인가?"

여포의 성정을 잘 아는 진궁은 급히 사죄하고 미소를 지으며 말했다.

"제가 이를 미리 알렸다면 상황이 나아졌을까요? 그들이 보낸 식량 2만 휘로 일단 급한 불은 끄지 않았습니까? 주공, 잘 생각해 보십시오. 저들의 계책을 사전에 밝혔다면 유비나 도겸 부자나 식량을 내주었을 리 없잖습니까?"

"그건 그렇군."

여포는 곰곰이 생각해 보더니 진궁의 말에 고개를 끄덕였다. 그러고는 갑자기 이를 바득바득 갈며 큰소리로 외쳤다.

"감히 이 여포를 우롱한 이 두 놈의 수급을 베지 않으면 마음속의 한을 씻기 어렵겠구나!"

"유비와 도겸 부자가 번갈아가며 아군을 우롱한 죄는 물론 용서하기 어렵습니다. 하지만 그렇다고 충동적으로 행동해서는 안 됩니다. 주공, 현재 아군의 생사 대적은 바로 조조입니다. 만약 주공이 함부로 남쪽으로 출병하면 조조는 필시 이틈을 타 우리 영토를 공격할 것입니다. 하여 주공이 서주를 취하지 못하고 연주마저 잃는다면 우리는 몸을 맡길 곳이 없어집니다. 게다가 아군은 서주를 공격할 양초가 충분하지 않습니다. 만약 서주가 성문을 굳게 걸어 잠그고 시간을 끈다면 양초가 다한 우리는 끝장나고 맙니다."

"그런 것은 괘념할 필요 없다! 도겸 부자가 은혜를 원수로 갚고 유비가 차도살인 계략으로 잘 꼬드겼으니 내 이놈들을 꼭 죽여 원한을 갚고 말겠다!"

"원한은 당연히 갚아야죠. 하지만 꼭 주공이 직접 손을 쓸 필요는 없습니다. 제가 지금까지 꾹 참고 아무 말도 없었던 건 유비와 도겸 사이에서 장계취계를 노려 우리가 더 많은 이익을 얻기 위해서였습니다. 지금 저에게 좋은 계책이 하나 있는데, 이 계책이면 유비와 도겸이 도리어 화를 입고 우리가 어부지리를 취할 수 있습니다."

성미가 급한 여포는 답답한 듯 진궁을 다그쳤다.

"오, 그게 무슨 계책인가? 얼른, 얼른 말해보게!"

"너무 서둘지 마시고 제 얘길 천천히 들어보십시오. 요 며칠 제가 수집한 정보에 의하면, 도겸과 유비는 이미 물과 불처럼 사이가 틀어졌다고 합니다. 유비가 서주를 병탄할 야심을 드러내자 도겸은 유비를 서주에서 쫓아내고 심지어 아예 없앨 계획까지 세웠습니다. 다만 유비는 객으로서 주인을 배신했다는 오명을 들을까 두려워 함부로 손을 쓰지 못하고 있고, 도겸도 배은망덕한 추명을 얻을까 염려해 감히 움직이고 못하고 있습니다. 하여 이 둘은 서로 간만 보면서 누구라도 먼저 발톱을 드러내길 기다리고 있는 중입니다. 하지만 이들은 서로 먼저 움직이지 않을 뿐 개전 준비는 이미 다 해놓은 상황이라 마치 수레에 기름을 잔뜩 먹인 장작을 가득 실어놓은 것과 같습니다. 불똥 하나만 떨어뜨리면 화광이 온 하늘을 뒤덮고도 남습니다. 그래서 주공께서는 모험을 걸고 남하할 필요 없이 수레에 불똥 하나만 던지면 그만입니다. 두 놈들이 서로 감정이 폭발해 얼굴을 바꾸고 개전한다면 이들이 양패구상할 때까지 기다려 서주를 취하는 것은 손바닥을 뒤집는 것보다 쉽습니다."

"오, 정말 멋진 계책이구려! 그런데 어떻게 하면 이들이 서로 얼굴을 붉히고 개전하도록 유도할 수 있겠는가?"

"간단합니다. 주공께서 유비에게 다시 사신을 보내 동맹을 맺은 성의를 보여 달라고 하십시오. 즉 아군을 위해 도겸 부자에게 식량 20만 휘를 빌려오라고 하는 것입니다. 명년에 조조를 격퇴해 반드시 갚겠다는 약조를 하고 말입니다. 아군을 서주로 끌어들여 차도살인을 노려야 하는 유비로서는 분명 이를 거절하지 못하고 도겸 부자와 교섭을 벌일 것입니다. 도겸 부자가 이를 수락하고 식량 20만 휘를 내준다면 우리로서는 이보다 더 좋은 일이 없습니다. 하지만 도겸 부자가 이를 거절한다면……."

"그래, 도겸 부자가 거절하면 어찌해야 하는가?"

"도겸이 거절한다면 일지 군마를 서주로 보내 유비와 연합하고 공격하면 됩니다. 도겸이 은혜를 잊고 식량을 빌려주지 않았다는 명분으로 말입니다. 유비야 당연히 쾌재를 부르고 우리와 연합해 서주 공격에 나설 것입니다. 이어 우리는 먼저 도겸과 한 차례 전투를 벌여 수레에 불만 붙인 후 군대를 거두어 도겸과 유비가 서로 싸우도록 내버려 두기만 하면 됩니다."

"싸움을 부추긴 연후에 곧장 군대를 물린단 말인가?"

"그렇습니다. 승패는 중요하지 않습니다. 첫 번째 전투에서 도겸군이 패한다면 유비는 우리군이 물러가거나 말거나 신경도 안 쓰고, 기세를 살려 죽기 살기로 서주를 공격할 것입니다. 만약 우리와 유비의 연합군이 패한다면 도겸은 승세를 타고 유비군을 궤멸하려 들 것입니다. 즉 어떤 상황에서든 이둘은 결전을 피하기 어렵습니다. 이렇게 되면 누가 이기든 전력에 큰 손상을 입을 것이 빤합니다. 이때 주공이 군사를 이끌고 서주로 출격한다면 서주를 취하는 것쯤 주머니에서 물건을 꺼내는 것과 무엇이 다르겠습니까?"

"공대, 자네의 이 계책은 정말 절묘하구려!"

여포는 크게 기뻐하며 진궁을 칭찬한 후 곧장 사람을 불러 명을 전달했다.

"여봐라, 내 사신으로 보낼 일이 있으니 허사와 왕해를 다시 불러들여라. 서둘러야 한다!"

허사와 왕해는 다시 소패로 가 맹우의 이름으로 유비에게 여포의 의사를 전했다.

어떻게 하면 여포를 서주로 끌어들일까 고민하던 유비는 이 말을 듣고 크게 기뻐했다. 이에 즉각 여포의 청을 수락하고 간옹을 서주로 보내 식량을 요구했다.

도겸과 진등은 당연히 이 무리한 요구에 응하기 어려워 도겸의 병이 깊고 도응이 서주에 없다는 핑계로 유비와 여포에게 좀 더 기다려 달라는 회신을 보냈다. 그러면서 언제 벌어질지 모르는 전쟁에 대비해 개전 준비를 철저히 했다.

도겸이 여포의 간청을 거절하자 유비는 함박웃음을 지으며 이 사실을 즉시 여포에게 알리고 서둘러 손을 써달라고 종용했다.

여포 또한 발연대로하여 서주와 개전을 선포하고 장료(張遼)를 선봉으로 삼아 3천 군마를 소패로 보냈다.

여포는 배은망덕한 도겸 부자를 토벌한다는 구실로 유비에게 함께 출정하도록 요구하고, 서주를 평정한 후에는 토지와 전량을 나눠주겠다고 약속했다. 오매불망 서주를 노리고 있던 유비는 당장 여포의 청을 받아들여 함께 도겸 토벌에 나서기로 결정했다.

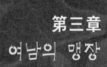

第三章
여남의 맹장

　서주의 급보를 가지고 사신이 진국성으로 달려오는 사이, 도응은 친히 군자군을 거느리고 여남으로 남하하기로 결정했다.

　도응은 조조의 전량 약탈 계획을 방해하기 위해 남돈을 거쳐 여남 중부를 통과해 곧장 양산으로 짓쳐 들어갔다.

　이번 남정에서는 군자군 기병 외에 보병을 한 명도 대동하지 않았다.

　조조군이 버티고 있는 상황에서 전량을 빼앗아 돌아오기는 불가능하다는 판단 아래, 아예 하의의 전량을 모두 불태워 버리겠다는 계획을 세웠다.

군자군은 밤낮을 가리지 않고 내달린 덕에 마침내 양산에서 40리도 떨어지지 않은 위수 강가에 당도했다. 그런데 이 일대 유일한 교량의 건너편에는 이미 조조군이 진지를 구축하고 적을 기다리고 있었다.

또한 교량 앞에는 임시로 녹각 차단물까지 설치된 상태였다. 조조군 대장 조홍은 군자군이 나타난 것을 보고 도응을 향해 큰소리로 비꼬듯 외쳤다.

"도 공자, 우리 주공께서 이미 공자가 양초를 운반할 인력을 보낼 줄 알고 이곳으로 저를 보냈습니다. 아군은 어제 양산을 점령하여 하만의 목을 베고 포로를 만 명이나 사로잡았습니다. 공자의 호의는 고맙지만 인력이 충분하니 이만 돌아가시기 바랍니다."

도응은 이 말에 일절 대꾸도 하지 않고 즉시 곁에 있는 진도에게 물었다.

"숙지, 그대는 여남 본토인이라 지리를 잘 알지 않소? 위수 일대 상하류에 다른 나루나 교량이 또 어디에 있소?"

진도가 재빨리 대답했다.

"상하류에 모두 있긴 합니다만 상류의 나루는 여기서 너무 먼 데다 여남군 치소인 평여성(平興城) 근처라 관군이 통제하고 있습니다. 하류에는 나루가 두 개 있습니다. 하나는 갈피

(葛陂) 부근으로 여기서 30리가 채 되지 않고, 또 하나는 40리 거리에 있는 갈릉(葛陵)입니다."

도응은 생각할 겨를도 없이 즉각 하류로 내려가자고 명했다.

"조조가 이 일대 나루와 교량을 모두 봉쇄했을 리 없다. 출발한다!"

명령이 떨어지자 군자군은 즉시 말머리를 돌려 하류 방향을 향해 서둘러 달려갔다.

조조군 장수들은 이 광경을 목격하고 큰일이다 싶어 얼른 조홍에게 말했다.

"장군, 도응이 지금 하류 쪽으로 내려가는 것으로 보아 그쪽에서 강을 건널 나루를 찾는 모양입니다. 당장 추격해야 하지 않을까요?"

이에 조홍이 고개를 가로저으며 웃음을 띠고 말했다.

"염려할 것 없다. 방금 들어온 소식에 의하면, 주공은 이미 친히 군사를 거느리고 하류의 갈피로 가셨다고 한다. 도응이 하류 쪽으로 가면 우리 주력 부대와 반드시 맞닥뜨리게 되어 있다. 주공께 빨리 이 사실만 알리면 그만이다."

"주공이 갈피로 가셨다고요? 왜입니까?"

"갈피 성보에 힘이 장사인 장수 하나가 있는데, 하의를 때려잡고 전위 장군을 패퇴시켰다. 전위 장군이 비록 부상을 입었다고는 하나 그를 물리칠 정도라면 보통 인물이 아닐 것이다. 주공께서 이를 기이하게 여겨 친히 군사를 이끌고 그리로 가셨다."

군자군이 하류로 내려가 갈피 나루까지 약 5리쯤 남긴 지점에 이르렀을 때, 앞서 출발한 척후병이 나는 듯이 달려와 보고했다.

갈피에 있는 민간 성채 부근에서 뜻밖에도 조조군과 지방 향병 사이에 전투를 벌이고 있다는 것이었다.

"지방 향병이라고?"

도웅은 어리둥절해하며 고개를 갸웃거렸다. 아무리 담이 커도 그렇지, 향병이 어찌 정규군과 교전을 벌인단 말인가? 이어서 도웅이 다시 물었다.

"그래, 전투 상황은 어떠하더냐?"

"조조가 오보(塢堡:민간 성채)를 공격하는 것이 아니라 외려 향병이 먼저 오보를 나와 조조군과 교전 중입니다. 현재 오보의 일원 대장이 조조군 대장 전위와 싸우고 있는데, 전위를 밀어붙이고 있습니다."

이 말에 도웅은 깜짝 놀라 수중의 채찍을 떨어뜨렸다. 전위가 비록 부상을 입었다고 하나 그를 몰아붙일 정도라면 보통 장수가 아님이 틀림없었다. 도웅은 급히 명을 내렸다.

"전군은 급히 전장 좌익으로 가 상황을 지켜본다!"

군자군이 수 리쯤 행군하자 전방 눈밭에서 과연 천지를 진동하는 고함 소리와 북소리가 들려왔다.

도무지 어떤 상황인지 감을 잡지 못한 도응은 성급하게 전장에 뛰어들지 않고 측면의 높은 곳에 올라가 우선 정황을 지켜보기로 했다.

그런데 이를 자세히 관찰하던 도응은 입을 다물지 못했다. 겨우 2백여 명밖에 안 되는 갈피 오보의 장사들이 정말 성채를 나와 교전을 벌이고 있는 것 아닌가.

양군은 원을 그리며 대치하고 있었고, 평민복을 입은 장사 하나가 큰 칼을 휘두르며 쌍극을 쥔 전위와 일합을 겨루고 있었다.

교전 쌍방 대오에서는 열심히 전고를 울리며 이 두 장수의 사기를 북돋웠다.

도응은 그 장사의 모습을 자세히 지켜보았다. 키는 관우만큼 컸지만 몸무게는 월등히 많이 나갔고, 허리둘레는 적어도 석 자 반에 팔뚝 두께가 자신의 다리보다 더 굵었다.

말에 앉은 모습은 그야말로 육중한 산과 같았지만 동작은 매우 날래어 무거운 칼을 장난감처럼 다루었고, 기세는 마치 산을 무너뜨릴 듯했다. 몸에 부상을 입은 전위는 점점 뒤로 밀리며 공격을 받아내는 데 급급할 뿐 전혀 반격을 가하지 못했다.

도응이 이 장면을 흥미롭게 지켜보고 있을 때, 곁에 있던 진도가 갑자기 소리를 질렀다.

"설마 그자란 말인가? 저자가 맨손으로 황소 뿔을 잡고 황소를 백 걸음이나 뒤로 물러나게 했다는… 여남과 영천 일대에서 명성이 자자한 허저 중강?"

중강은 허저의 자다.

"뭐, 허저라고?"

도응은 그제야 머릿속에서만 계속 맴돌던 찝찝한 의문이 풀렸다. 저자가 허저라면 무슨 수를 써서라도 반드시 손에 넣어야 했다. 이에 즉각 군자군에게 명을 내렸다.

"전군은 전투태세를 갖추어라!"

이때 수세에 몰리던 전위가 갑자기 말머리를 돌려 뒤로 달아나기 시작했다. 신이 난 허저는 말을 몰아 그의 뒤를 쫓았고, 그의 향병들도 고함을 지르며 그를 따랐다. 수적으로 월등히 우세한 조조군이 남쪽으로 달아나는 것을 본 도응은 퍼득 조조의 의도를 알아채고 대경실색해 곧장 말을 몰아 앞으로 달려 나가며 외쳤다.

"허저, 허저 장군! 이는 함정입니다! 추격을 멈추십시오!"

도응의 외침에 달아나던 전위는 저자가 어떻게 아군이 함정을 파놓은 걸 알았는지 깜짝 놀랐다.

한편 허저는 무슨 영문인지 몰라 잠시 머뭇거리더니 다시 정신을 차리고 전위를 맹렬히 추격했다. 그야말로 '호치(虎痴)'라는 별명에 걸맞은 행동이었다.

이윽고 허저는 조조군이 파놓은 함정에 말과 함께 그대로 떨어져 버렸다.

허저가 함정에 빠지자 길 양옆에 매복하고 있던 병사들이 즉각 뛰쳐나와 허저의 손발과 몸을 밧줄로 꽁꽁 포박했다. 거짓으로 달아나던 전위와 조조군은 멀머리를 돌려 향병들을 시살해 들어갔다.

주장을 잃은 2백 명 향병은 대오가 크게 어지러워지며 뿔뿔이 흩어져 버렸다. 결국 현장은 멍청히 서 있는 도응의 군자군과 조조군 주력 부대가 대치하는 상황이 되었다.

이때 조조가 득의만만한 얼굴로 크게 웃으며 앞으로 나와 도응에게 말했다.

"도 공자, 우리가 서로 약조하지 않았소? 그대는 영천의 도적을 치고, 나는 여남의 황건적을 깨기로 말이오. 그런데 이 여남 내지로 깊이 들어온 연유가 무엇이오?"

도응은 조조에게 공수하고 대답했다.

"여남 황건적의 기세가 등등해 혹여 명공께서 당해내기 어려울까 도우러 왔을 뿐입니다. 하지만 명공의 신기묘략으로 이미 도적놈들을 격퇴하셨군요. 이번에는 제가 헛걸음을 한 모양입니다."

"공자의 호의는 고맙게 생각하오. 이제 일이 다 마무리됐으니 공자는 어쩔 생각이오?"

"이제 그만 진국성으로 돌아가야죠. 그전에 공께 한 가지 청이 있습니다. 사로잡힌 장사와 몇 마디 나누도록 허락해 주시겠습니까?"

이 말에 조조는 도응에게 무슨 꿍꿍이가 있지 않을까 의심했다.

"음, 그와 이야기를 나누려는 이유가 무엇이오?"

"전부터 그의 대명을 듣고 앙모해 온 지 오래되었습니다. 오늘 다행히 이곳에서 그를 만났으니 경앙의 말을 전하고 싶을 뿐입니다. 그와 잠시 이야기를 나눈 후 바로 돌아가겠습니다."

"만약 거절한다면 어쩔 셈이오?"

"그야 명공을 옆에서 모시며 청을 들어줄 때까지 따라다녀야죠."

이 말에 조조군 장수들이 발끈하며 조조에게 당장 출정을 요청했다. 조조도 사실 도응에게 본때를 보여주고 싶은 마음이 간절했다.

하지만 겨우 얻은 전량을 양산에 쌓아둔 상황에서 설사 지금 강궁으로 저들을 쫓아낸다 해도 연주로 돌아가는 길에 끊임없이 괴롭힘을 당할 것이 빤했다. 이리저리 득실을 따져 본 조조는 마침내 수하 장수들의 청을 물리치고 도응에게 말했다.

"공자의 청을 들어주겠소만 그대도 한 가지만 꼭 약속해 주시오. 우리가 회군하는 길에 군자군이 진국성 서쪽으로 한 발짝도 나오지 말아 주시오."

"그런 것이라면 제 이름을 걸고 약속드리겠습니다."

도응에게 재삼 다짐을 받은 조조는 허저를 앞으로 끌고 오라고 명했다. 온몸이 밧줄로 꽁꽁 묶인 허저가 대령하자 조조가 도응에게 말했다.

"도 공자, 이 장사를 대령했으니 할 말이 있으면 빨리 전하시오."

도응은 먼저 말에서 내려 어리둥절해하는 허저에게 허리를 깊이 숙인 후 낭랑하게 얘기했다.

"허저, 허 장사, 저로 말씀드리면 성은 도요, 이름은 응, 자는 명무로 서주자사 도 공의 차자입니다. 현재 서주 점군사마 직을 맡아 부친의 명으로 예주로 출격해 이곳에 창궐한 황건도당을 토벌하러 왔습니다. 장사의 대명은 일찍부터 들어왔는데, 오늘 장사를 뵙고 한 가지 죄를 청할 것이 있습니다."

이 말에 조조는 물론 허저도 영문을 몰라 고개를 갸웃했다. 이어 허저가 도응에게 물었다.

"나는 그대와 일면식도 없어 죄를 살 일이 없는데, 무슨 죄를 청한단 말이오?"

도웅은 침중한 어조로 허저에게 공수하며 말했다.

"허 장사, 나는 그대가 황건적을 골수에 사무치도록 증오한다는 사실을 잘 알고 있습니다. 오늘 그대가 불행히 황건 도당의 손에 떨어졌는데 이 웅의 병력이 미약해 그대를 구할 방도가 없어서 이렇게 죄를 청하는 것입니다."

이 말에 조조가 대로하며 말했다.

"감히 누구를 황건적이라고 말하는 것이냐?"

허저도 의아해하며 물었다.

"공자, 저들은 관군이지 황건적이 아니잖소?"

도웅은 고개를 가로젓고 조조를 가리키며 말했다.

"허 장사, 그대가 모르는 사실이 하나 있습니다. 한 조정에서 정동장군으로 임명된 저 조조 공은 전에 청주를 정벌할 때 수많은 황건적을 수하로 받아들였습니다. 그의 군대에는 장사가 철천지원수로 여기는 황건적이 매우 많습니다. 하여……."

조조는 기가 막혀 큰소리로 도웅을 꾸짖었다.

"도웅 놈아, 어디서 되지도 않을 말을 함부로 지껄이느냐!"

"명공, 제 말이 틀렸습니까? 명공의 수하 중에 투항한 황건 사졸이 많은 건 사실 아닙니까?"

이 말에 조조가 아무 대답도 못하자 허저는 그제야 깨달은 듯 크게 웃음을 터뜨리고 말했다.

"원래 그런 것이었군요. 고맙소, 공자. 내가 부주의해 간적의 속임수에 빠진 것뿐인데 공자가 죄를 청할 이유가 어디 있소? 그깟 목숨이야 달아난다 해서 무에 대수겠소!"

"내 장사의 목숨을 구할 수는 없지만 한 가지는 약속드리겠습니다. 반드시 오보의 가솔들을 데리고 서주로 돌아가 잘 보살펴 조금이나마 죄를 씻겠소이다."

"도옹, 네 이놈아!"

조조는 격노해 소리를 질렀다. 허저의 가솔을 서주로 데려가면 이 맹장을 어찌 마음 놓고 부릴 수 있겠는가? 이때 순유가 앞으로 나와 도옹을 가리키며 소리쳤다.

"너는 어찌 가짜 인의로 사람 마음을 사려 하느냐! 우리 주공은 인재를 목숨처럼 귀히 여기시는 분이다. 허튼수작을 부리려거든 어서 물러가라!"

하지만 이미 도옹의 말에 경도된 허저가 도옹에게 말했다.

"공자, 오보는 지금 내 형인 허정(許定)이 지키고 있소. 그를 찾아가 가솔을 이끌고 공자를 따라 서주로 가라고 일러주시오. 그리고 꼭 나를 위해 복수를 해달라고 이르시오!"

조조는 입이 바싹바싹 마르고 속이 타들어갔다. 이에 허저에게 다급히 말했다.

"장사, 저자의 허튼소리는 듣지 마시오. 내……."

"퉤!"

허저는 바닥에 침을 뱉으며 큰소리로 외쳤다.

"이 황건적 놈아, 너야말로 허튼소리 작작하고 얼른 나를 죽여라!"

가까스로 맹장을 얻었는데 도응의 몇 마디 말로 사태가 이 지경에 이르자 조조는 분통이 터져 미칠 지경이었다. 그는 채찍으로 도응을 가리키며 쉬지 않고 욕을 퍼부었다.

도응은 아무 대꾸도 하지 않은 채 조조의 말이 끝날 때까지 기다렸다.

"명공은 잠시 화를 가라앉히시고 제 얘기를 들어보십시오. 충의지사인 이 허저 장사를 명공이 죽이지 못하리라는 사실을 잘 알고 있습니다. 하여 다시 한 번 거래를 하심이 어떻겠습니까?"

"내 또다시 네놈의 계략에 넘어갈 줄 아느냐!"

"그럼 먼저 제 얘길 들어보시고 결정하십시오. 명공, 제가 진국군과 군량 3만 휘를 드릴 테니 이 허 장사를 풀어주십시오."

이 말에 허저는 화들짝 놀라며 물었다.

"공자, 그게 무슨 말이오? 진국군과 군량 3만 휘로 나와 교환하겠단 말이오?"

"맞습니다. 허 장사는 천하의 진정한 영웅입니다. 일개 군과 그깟 양식 3만 휘가 그대의 목숨보다 무에 중요하겠습니까?"

그러더니 도응은 다시 조조를 보고 말했다.

"제 말은 여기까지니 결정은 명공이 내리십시오. 이번 약속은 제 이름을 걸고 지키겠습니다."

조조는 아무 대답도 없이 분노에 가득 찬 눈으로 도응을 뚫어져라 쳐다봤다. 도응 역시 사양하지 않고 조조를 똑바로 응시했다.

네 개의 눈빛이 허공에서 부딪히며 무언의 치열한 불꽃을 연발했다.

한참 뒤 조조가 큰소리로 웃으며 먼저 입을 열었다.

"하하, 도 공자가 이리도 의협심이 강한 줄 미처 몰랐소. 좋소, 허 장사를 데리고 가시오. 여봐라, 당장 허 장사를 풀어주어라!"

도응은 맹장을 얻은 기쁨에 조조에게 깊이 허리를 숙여 인사했다.

"감사합니다, 명공. 제가 먼저 진국으로 철수한 후 명공의 대군이 진국에 이르면 즉시 진국군 경내에서 나오겠습니다. 또한 식량 3만 휘도 남겨놓겠습니다."

"약속을 꼭 지키길 바라오."

조조는 포박에서 풀려난 허저가 재빨리 도응 앞에 달려가 무릎을 꿇고 예를 행하는 모습을 보며 안타까운 마음에 크게 탄식했다. 그러고는 시선을 도응에게 옮긴 후 마음속으로 중얼거렸다.

'나와 천하를 다툴 자는 바로 이자로구나!'

*   *   *

한편 이 즈음 서주에서는 전운이 감돌고 있었다. 전운의 시작점은 물론 여포군이었다. 장료가 군사를 이끌고 소패로 남하한 후, 함께 따라온 여포의 중신 장초(張超)가 곧장 유비를 찾아갔다.

그는 먼저 도겸 부자가 우리의 청을 거절한 것은 여온후를 무시한 처사라고 크게 성토했다.

이어 여포군은 배은망덕한 도겸을 징벌하기 위해 먼저 장료를 선봉으로 삼고, 여포의 주력 부대는 전투 채비를 갖춘 뒤 곧 서주로 총출동할 것이라고 전했다.

이날을 목 빠져라 기다렸던 유비는 속으로 쾌재를 부르면서 짐짓 화해를 권하는 척하더니 나중에는 여포의 군사행동에 동의한다는 입장을 표했다.

본래 유비는 여포와 함께 도겸을 토벌하기로 약속했었다. 하지만 이는 단지 여포를 끌어들이기 위한 구실에 불과했다.

힘도 명분도 없는 유비가 서주 공격에 직접 나선다는 건 설을 지고 불에 뛰어드는 것과 다를 바 없었다. 이에 여포군이 서주로 진격하면 발을 뒤로 뺀 채 상황을 지켜보다가 어부지리를 취할 심산이었다.

만약 성격이 불같은 여포였다면 이는 당연히 가능한 계획이었을 것이다. 하지만 유비는 그의 참모 진궁을 계산에 넣지 못한 우를 범했다.

아니나 다를까 장초는 유비에게 맹우의 의무를 이행해 함께 도겸을 공격하자고 요구해 왔다. 그리고 일이 성사되면 서주 5군의 전량과 토지를 나눠주겠다고 약속했다.

잠자코 싸움 구경만 하다가 이득을 취하고 싶었던 유비는 갖은 이유를 대며 출병을 거절했다. 그러자 장초는 여포와 유비가 약조한 맹약 서신을 들이밀었다. 거기에는 어느 쪽이든 군사행동을 취하면 다른 한쪽이 반드시 출병해 돕는다는 내용이 적혀 있었다.

유비는 자신이 친히 작성한 서명을 보고 꿀 먹은 벙어리가 되고 말았다.

다행히 장초는 유비에게 선봉에 서는 것이 아니라 측면에서 여포군을 돕기만 하라고 말했다. 맹약을 철회해 여포의 노여움을 사는 것이 두려웠던 유비는 하는 수 없이 장초의 요구를 받아들였다.

자신의 의도와 달리 전쟁에 휘말리게 된 유비는 가슴이 답답해 안절부절못하며 대당 안을 서성거렸다. 이때 관우와 장비가 군무를 마치고 대당으로 들어왔다. 이들은 유비가 고민에 빠져 있는 모습을 보고 물었다.

"형님, 무슨 걱정거리라도 있습니까?"

이에 유비는 장초와 있었던 일을 그대로 털어놓았다.

관우는 수염을 어루만지며 유비에게 말했다.

"형님, 도 사군은 몰라도 도응은 우리를 믿지 못하는 것이 분명합니다, 그렇지 않다면 예주로 출격하면서 유현에 장패를 주둔시켰을 리 없잖습니까? 신의를 먼저 저버린 쪽은 도응이니 너무 괘념치 마십시오."

장비도 관우의 말에 맞장구를 쳤다.

"맞습니다요. 제 손으로 미방을 죽이긴 했지만 그게 어디 도응의 계략일 줄 알았겠습니까? 사람 좋은 얼굴을 하고서 그런 무시무시한 일을 꾸미다니요."

하지만 유비는 여전히 얼굴을 찡그린 채 입을 열었다.

"휴, 이건 그리 간단한 문제가 아니다. 결국 난 선택의 갈림길에서 여포를 선택하고 말았다는 것이다. 양쪽 사이에서 어부지리를 얻으려다가 일이 이 지경에 이르렀으니 우리는 돌아갈 길이 없어졌다. 일단 여포를 따르면서 추후 대책을 세우는 수밖에 없다."

　　　　*　　　　　　*　　　　　　*

　세부 작전에 대한 논의가 끝나자 장료는 군사를 이끌고 소
패에서 50리 떨어진 유현으로 출격했다.

　유비는 관우에게 소패성을 지키라고 명한 후 장비와 함께
3천 군사를 이끌고 장료의 뒤를 따랐다. 유비는 장료의 측면
을 엄호하며 혹시 모를 팽성의 원군에 대비했다. 유현을 지키
는 서주 대장 장패는 이 소식을 듣고 대로해 즉각 4천 낭야군
을 이끌고 북쪽으로 10리 밖까지 나가 유비–여포 연합군을
맞이했다.

　양군이 서로 마주해 진을 치자 장패가 먼저 창을 꼬나들고
앞으로 나가 서주를 침범한 여포군에게 욕을 퍼부었다. 이에
장료도 말 위에서 은혜를 모르는 배은망덕한 놈이라며 장패
를 꾸짖었다.

　이어 장패와 장료는 말을 짓쳐 달려 나가 교전을 벌였다.
50합이 지났지만 서로 승부가 나지 않자 측면에서 이를 지켜
보던 장비가 손이 근질근질해 갑자기 말을 달려 전장으로 튀
어나갔다.

　이에 장패의 부장인 손관의 형 손강(孫康)이 맞아 나가 싸
웠지만 채 삼 합도 안 돼 장비의 창에 가슴을 정통으로 찔려
말에서 떨어져 즉사했다.

이 광경을 보고 마음이 산란해진 장패는 급히 말머리를 돌려 본진으로 달아났다.

장료가 이 틈을 타 군사를 몰아 시살해 들어가자 장패군은 대패하고 성 안으로 들어가 문을 굳게 걸어 잠갔다. 장패는 즉각 전령을 서주성에 보내 유비와 여포 연합군이 공격에 나섰다는 소식을 알렸다.

서전에서 전투력이 뛰어나기로 이름난 낭야군을 물리친 유비는 자신감으로 충만했다.

이에 장료와 함께 유현성 밖에 영채를 차리고 전에 미축 형제가 도응에게서 몰래 빼낸 공성 무기 벽력거를 소개하며 당장 유현을 공격하자고 제안했다. 하지만 밀명을 띤 장료는 유비의 말을 건성으로 들으며 몰래 철군 준비를 서둘렀다.

다음 날 아침, 날이 밝아 유비가 장료와 공성 준비를 논의하러 가려던 차에 장료가 먼저 유비에게 사람을 보냈다.

방금 여포의 친필 편지를 받았는데, 조조군이 원소에게 양초를 빌려 산양으로 쳐들어오고 있다는 내용이었다. 이에 여포는 하는 수 없이 서주 공격 계획을 잠시 미루고 장료에게 즉각 군대를 거둬 북상하라고 명했다는 것이다. 그래서 미안하지만 곧 철군할 수밖에 없다는 사정을 이야기했다.

어제 비로소 도겸 부자와 완전히 등을 돌리게 된 유비는 이 전갈을 듣고 망치로 머리를 얻어맞은 기분이었다.

그 자리에서 몸이 얼어붙어 어찌해야 할 바를 몰랐다. 장료는 유비의 회답도 듣지 않고 연주에 긴급 상황이 발생했다는 핑계로 곧 영채를 거두고 산양으로 철수했다. 이제는 유비 혼자만 남아 서주 군대의 복수의 칼을 받아내야 하는 상황이 되었다.

이러지도 저러지도 못하게 된 유비는 다급히 군대를 거둬 소패로 되돌아갔다.

장패는 적군이 꽁무니를 빼는 것을 보고 즉시 뒤를 추살해 들어갔다.

후미에 처진 장비와 몇 차례 접전을 벌이며 유비 부대를 소패성까지 추격한 뒤에야 군대를 철수해 유현으로 돌아왔다.

이리하여 서주와 유비의 밀월 관계는 근 1년 만에 마침내 종지부를 찍고 말았다.

第四章
유비와 결전을 벌이다 上

유비와 여포 연합군이 유현을 침공했다는 소식이 서주성에 전해지자, 전 군민이 분노하고 모든 관원들이 치를 떨었다.

조표를 포함한 모든 무장은 당장 출격해 유비를 제거하자고 목소리를 높였다. 이때 진등만이 냉정을 유지한 채 지금 유비를 공격하는 것은 여포에게 좋은 일만 시켜주게 된다며 뭇 장수를 설득하는 한편, 급히 전령을 예주로 보내 도응에게 연락을 취했다.

도응이 군자군과 허저 및 그의 가솔을 이끌고 진국성에 돌아왔을 때 진등이 보낸 전령은 이미 도착해 있었고, 조조가 다짐을 받기 위해 보낸 사신도 도착해 있었다.

이 두 가지 소식을 들은 도응은 조조의 사신은 아랑곳하지 않고 바로 노숙을 대당으로 불러 서주 문제를 의논했다.

의자에 앉자 입이 바싹 마른 도응은 막 끓인 찻물을 한 모금 마신 후 노숙에게 물었다.

"자경, 원룡의 편지를 내 아직 보지 않았는데 그의 생각은 어떠합니까? 그리고 군사는 어찌하는 것이 좋을 것 같소이까?"

노숙은 도응에게 진등의 서신을 건네며 그중 한 줄을 가리키고 말했다.

"진원룡은 직접적으로 입장을 밝히지 않았지만 완곡하게 의사를 전달하고 있습니다. 여길 보십시오. 그의 편지에 보면 유비가 소패로 돌아간 후 곧바로 사신을 북해와 청주에 보냈다고 하지 않았습니까? 유비가 공융과 전해에게 화해를 청해 달라고 부탁했으니 전면적인 개전은 좀 어렵다고 보는 듯합니다."

"여우같은 놈. 내가 공융과 전해의 청을 거절하기 어렵다는 걸 알고 그들에게 붙었군. 그렇다면 군사의 의견은 어떻습니까?"

"신도 같은 생각입니다. 현재 우리 군의 실력으로 유비를 격퇴하기는 어렵지 않습니다. 하지만 필연적으로 큰 손실이 발생해 전쟁만 일으키고 내뺀 여포가 어부지리를 얻게 됩니다. 그러니 잠깐 공격을 멈추는 것이 좋겠습니다."

도응은 다시 차 한 잔을 마신 후 찻잔을 뚫어져라 쳐다보더니 거듭 물었다.

"자경, 그대는 우리가 공융, 전해의 화해 조정을 받아들여야 한다고 보십니까? 아니면 이 기회에 서주의 종양인 유비를 철저히 제거해야 한다고 보십니까?"

노숙은 크게 한 번 숨을 고른 뒤 진중한 목소리로 대답했다.

"공자, 그럼 신의 솔직한 의견을 말씀드리겠습니다. 신도 진원룡과 생각이 같습니다. 이번에 유비를 제거하는 것은 득보다 실이 많습니다. 그 이유는 세 가지입니다. 첫째, 아군이 절대적인 우세를 취하기 어렵다는 점입니다. 서주의 병력이 유비보다 여섯 배 이상 많다고 하나 아군 병력은 서주 각 군에 분산된 반면, 유비는 소패성 한 곳만 지키면 됩니다. 아군은 흩어져 있고 적군은 모여 있으니 국부적인 우세가 불명한 상황에서 결전을 벌인다면 승리한다 해도 상당한 대가를 치러야만 합니다."

두 번째 이유를 말하기 전에 노숙은 도응을 바라보았다. 자신에게 집중하는 도응을 응시하며 낭랑한 목소리로 두 번째 이유를 읊었다.

"둘째는 여포의 위협이 대단히 크다는 점입니다. 여포가 싸움만 붙여놓고 서주를 떠난 것은 전술적으로 아군과 유비의 결전을 유도할 목적이었지만 전략적인 목적은 여전히 서주 전체를 병탄하는 것입니다. 유비와의 결전으로 중상을 입은 아군이 군사력이 우세한 여포군을 상대하기는 더욱 어려워져 필연적으로 참담한 결과를 빚게 됩니다. 셋째, 유비는 공손찬과 동문수학한 형제이고 공융은 유비에게 큰 은혜를 입었으며 전해 또한 공손찬의 부장입니다. 따라서 유비가 공융과 전해에게 화해를 주선해 달라고 청하면 그들은 분명 이를 수락할 것입니다. 그런데 공자가 화해를 거절한다면 이들의 노여움을 살 뿐 아니라 북부 최대의 강적인 공손찬과도 척을 지게 됩니다."

노숙의 말을 가만히 듣고만 있던 도웅이 침음성을 토하며 물었다.

"결국 자경은 유비와의 결전을 반대한다는 말이군요?"

"맞습니다. 유비가 비록 세력이 미약하다 하나 전반적인 국면에 큰 영향을 미친다고 할 수 있습니다."

도웅은 아무 말 없이 찻잔만 계속 손으로 만지작거리더니 마침내 심각한 어투로 말했다.

"자경, 그대의 분석과 우려는 모두 일리가 있습니다. 또 원룡의 의도 역시 잘 알고 있습니다. 그러나 이번만은 그대들의 주장을 받아들일 수 없소이다! 유비와의 이번 결전은 무슨 일이 있어도 반드시 치러야만 합니다!"

"왜입니까?"

"두 가지 이유가 있습니다. 첫째는 절호의 기회가 찾아왔기 때문입니다. 한 번 고생으로 영원히 안락을 누릴 수 있는 이런 기회는 쉽게 찾아오지 않습니다. 유비 간적 놈이 일찍부터 서주를 병탄할 마음을 먹고 또 서주 경내에서 평지풍파를 일으켰지만 전 은혜를 원수로 갚았다는 오명을 듣는 것이 두려워 지금까지 참고 또 참았습니다. 그런데 이번에 유비가 여포와 연합해 서주를 공격했습니다. 서주 사졸과 장령들을 죽이고 우리 토지를 침범하는 불의한 짓을 먼저 저질렀습니다. 고로 우리에게는 개전의 정당한 명분이 있습니다. 다시 오지 않을 이런 기회를 놓친다면 계속해서 내부의 적인 유비를 견제해야 해 마음 놓고 뜻을 펼치기 어려워집니다. 하여 반드시 이번에 유비를 섬멸하거나, 적어도 서주에서 내쫓기라도 합니다."

노숙은 입술을 깨문 도응의 결연한 태도에서 그가 유비를 얼마나 증오하는지 느낄 수 있었다. 이에 고개를 끄덕인 후 다시 물었다.

"두 번째 이유는 무엇입니까?"

"그건 바로 서주가 더 이상 나약하지 않다는 걸 보여줘야 하기 때문입니다. 서주는 사방으로 공격당하기 쉬운 땅입니다. 주변에는 천험의 요새가 없는 데 반해 상대적으로 부유하고 전량이 풍부하여 누구나 이 땅을 노리고 있습니다. 말이 순하면 사람들이 올라타고, 순한 사람은 괴롭힘을 당하게 마련입니다. 계속 참기만 하면 주변의 시랑 같은 적들이 우리를 더욱 만만하게 생각합니다. 그래서 우리는 반드시 강한 발톱을 드러내 함부로 대하다간 큰코다친다는 두려움을 갖도록 만들어야 합니다."

이어 도응은 찻잔으로 탁자를 쾅 치며 이를 악물고 말했다.

"더욱이 이번에는 조금의 약세도 드러내서는 안 됩니다! 유비 놈은 고작 소패성을 차지하고 6천 병력만으로 서주의 대장을 죽이고 서주의 사기를 떨어뜨렸습니다. 우리가 만약 강하게 반격하지 않는다면 주변의 여포, 원술, 공손찬, 조조 등은 서주를 더욱 깔보고 군침을 흘릴 것입니다. 그렇기에 더욱 본보기를 보여야 합니다. 이 시랑 같은 놈들에게 서주를 넘보면 어떤 결과를 초래하는지 똑똑히 보여줄 생각입니다!"

노숙은 도응의 일장 연설에 감동한 듯 연신 고개를 끄덕였다. 그러고는 한 가지 건의를 올렸다.

"공자의 결심이 이미 굳었으니 신도 반대하지 않겠습니다. 주변 적들에게 서주의 위용을 보여줘야 하다는 말은 백번 지당합니다. 다만 이번 결전은 싸우지 않는다면 모르지만 싸우기로 했다면 즉시 시행에 옮겨야 합니다. 속전속결로 다른 제후들에게 끼어들 시간을 주지 마십시오. 특히 공융과 전해가 화해를 중재하면 일이 번거로워집니다."

"내 뜻이 자경의 생각과 꼭 같소이다. 아군은 서주성으로 돌아가지 않고 직접 패국을 거쳐 소패로 가 귀 큰 도적놈에게 미처 손쓸 시간을 주지 않을 생각입니다. 아군은 현재 병력과 양식이 풍부하고 공성 투석기가 8대나 있어 직접 소패를 공격하는 데 아무 문제도 없습니다."

"공자, 용병은 신속함을 귀히 여긴다고 했습니다. 그러니 공자가 먼저 군자군을 이끌고 속히 소패로 가십시오. 야전에서 유비의 예기를 꺾어놓으면 이들은 성 안으로 들어가 꼼짝하지 않을 것입니다. 이어 신이 거느린 보병과 치중대가 뒤를 따라가 함께 소패성을 공략하면 적을 무찌르는 건 시간문제일 것입니다."

"좋소, 그리 결정합시다."

의견이 모아지자 도응과 노숙은 개전의 세부 사항에 대해 논의했다.

일단 이번 출정의 비밀이 최대한 새나가지 않게 서정에 나선 군대와 팽성군의 병마 외에 다른 군대는 움직이지 않기로 결정했다.

동시에 여유에게는 3천 군사를 이끌고 동해로 북상해 동해

상(相) 서구와 함께 담성을 지키라고 명했다. 이는 동해에 기반을 두고 있는 미축이 유비와 접응할 기회를 차단하기 위한 조치였다. 또한 진등과 조표에게는 유현에 주둔한 장패에게 양초와 군수를 증발하고 군자군의 궁전도 충분히 보충해 달라고 일렀다.

진국성 방면에 이르러서는 조조와의 약속대로 일지 군대에게 잠시 성을 지키게 하고, 성 안에 식량 3만 휘를 남겨두었다. 그리고 군사들에게 조조군이 이르면 성과 식량을 넘기고 서주로 귀환하라고 명했다.

만반의 준비를 마친 도웅은 진국성에서 하루를 휴식한 후, 먼저 군자군을 이끌고 초현을 거쳐 패국성에 당도했다. 물론 예주에서 얻은 명장 진도와 허저도 함께 도웅을 따라 출정했다.

                    *   *   *

"아, 계책에 걸렸어! 여포 놈의 계책에 걸린 것이야! 아!"

연주로 보낸 세작의 첩보를 듣고 유비는 머릿속이 노래져 탄식을 연발했다.

세작의 말에 따르면, 연주에서 조조와 여포 사이에 아무 일도 일어나지 않았기 때문이었다.

기근에 시달리는 조조군은 줄곧 견성 일대에 틀어박혀 여포를 공격할 엄두를 못 냈고, 여포군 역시 산양 근방에 방어선만 구축해 놓고 있었다.

그제야 유비는 자신의 계책이 성공한 것이 아니라 자신이 남의 계책에 넘어갔음을 깨달았다. 장료와 장초가 보여준 일련의 행동이 주마등처럼 스치며 그들의 행동이 하나하나씩 아귀가 맞아 들어갔다. 결국 자신이 여포 손에 놀아난 꼴이었다!

하지만 이 사실을 알았을 때는 이미 엎질러진 물이었다. 그렇다고 이대로 손을 놓고 있을 수만은 없는 일. 유비는 당장 뒷수습에 나서 두 가지 대책을 세웠다.

하나는 공융과 전해에게 사신을 보내 자신과 도겸 사이의 반목을 평화적으로 해결해 달라고 요청하는 것이었다. 또 하나는 병마를 정돈하고 방어 태세를 강화하여 서주군과 장기간 대치하며 최대한 시간을 버는 것이었다.

군사력이야 당연히 서주군을 당해낼 수 없지만 유비는 상황이 결코 자신에게 불리하지만은 않다고 여겼다.

첫째, 가장 위험한 적인 도응이 마침 예주에 있어서 우두머리가 없는 서주군이 단시간 내에 강하게 반격해 오기는 어려웠다.

둘째, 여포가 절대 서주를 포기할 리 없다는 것이다. 자신이 어느 정도 버티기만 하면 여포는 재차 남하해 전장에 뛰어들 것이 확실했다.

셋째, 서주군은 강적인 공손찬의 눈치를 볼 수밖에 없다는 점이다. 자신이 공손찬과의 친분을 십분 이용한다면 함부로 자신을 대할 수는 없을 것이다.

결론적으로 유비는 시간을 끌면 끌수록 형세는 자신에게 유리하게 돌아갈 것이라고 생각했다.

하지만 이것이 한낱 그의 희망 사항이었음을 깨닫기까지 그리 오랜 시간이 걸리지 않았다.

*   *   *

홍평 2년(195년) 정월 초열흘에 진국성을 출발한 군자군은 이틀 만에 패국성으로 돌아왔다.

패국성에서 하루를 쉬고 말을 배불리 먹인 후 다시 북상해 저추를 거쳐 소패로 곧장 내달렸다. 마침내 하루가 조금 더 걸려 소패성에서 30리 떨어진 곳까지 당도했다.

이곳에서 유비군 척후 부대와 마주치자 도응은 진공을 명해 이들을 모두 사로잡았다. 도응은 이들에게 소패성의 상황을 탐문한 후 이들을 죽이지 않고 소패성으로 돌려보내 자신이 왔음을 유비에게 알렸다.

척후병이 나는 듯이 소패성으로 달려와 이 사실을 보고하자 해자 준설을 독려하던 유비는 깜짝 놀라며 믿기 어렵다는 표정을 지었다.

"도응이 왔다고? 예주 내지까지 깊이 들어간 그가 어찌 이리 빨리 돌아올 수 있단 말이냐?"

그러자 옆에 있던 관우가 크게 소리쳤다.

"형님, 그깟 놈이 무에 두렵습니까! 도응의 행군이 빠르다고는 하나 천 리를 쉬지 않고 달려온 탓에 인마가 모두 지쳤을 것입니다. 이때 우리가 군사를 이끌고 응전하면 적은 피로하고 아군은 힘이 넘쳐 쉽게 물리칠 수 있습니다."

가는 눈을 이리저리 굴리던 유비는 척후병으로부터 적의 기병이 천 명도 되지 않는다는 얘길 듣고 자신감이 생겼다.

"둘째의 말이 옳다. 내 친히 두 아우와 함께 군사를 이끌고 나가 먼저 도응에게 일의 전말을 설명할 것이다. 만약 도응이 내 말에 수긍해 군사를 물린다면 가장 좋지만 만약 그렇지 않다면 창과 칼이 말을 할 것이다."

관우와 장비는 이 말에 고개를 끄덕였다. 이어 유비는 간옹과 손건에게 소패성을 지키라고 명한 후, 관우, 장비와 함께 4천 군사를 이끌고 군자군을 맞이하러 성을 나갔다.

같은 시각, 군자군은 너른 땅을 찾아 그곳에서 휴식을 취하며 말을 배불리 먹이는 동시에 무기를 점검하고 있었다. 이때 군자군에 갓 편입된 진도가 도응에게 권했다.

"공자, 아군은 수백 리를 쉬지 않고 달려와 사병과 전마가 모두 지쳐 당장 전투에 나서기 어렵습니다. 그러니 잠시 유현으로 군대를 물러 하룻밤 쉰 후에 장패군과 함께 내일 결전을 벌이는 건 어떻겠습니까?"

도응은 단호히 고개를 내저었다. 그는 전마에게 꼴을 먹이면서 말했다.

"유비는 간웅이오. 만약 아군이 유현에서 휴식을 취하고 내일 다시 온다면 그는 틀림없이 나와서 응전하지 않고 성지를 굳게 사수할 것이오. 그렇게 되면 아군 보병 부대와 공성 무기가 도착하더라도 병력이 부족한 상황에서 견고한 소패성을 깨뜨리기란 여간 어렵지 않을 것이오. 그래서 오늘 꼭 결전을 벌여야 하는 것이오. 유비는 아군이 먼 길을 달려와 피로한 틈을 타 군대를 이끌고 싸우러 나올 것이 분명하오. 이런 절호의 기회를 놓치면 다시 기회를 잡기는 어렵소."

옆에 있던 허저도 도응의 말을 거들었다.

"공자의 말이 일리가 있습니다. 야전이라면 이 허저에게 맡겨주십시오! 오래전부터 관우와 장비의 이름을 들어온 터라 언젠가는 이자들과 한 번 겨뤄보고 싶었습니다. 이번 싸움에서 숙지는 내게 선봉을 양보해야 하오. 내 관우, 장비와 통쾌하게 한 번 겨뤄보리다!"

진도 역시 웃음을 띠고 대답했다.

"좋소. 하지만 관우, 장비가 함께 출전한다면 하나는 나에게 양보하시오."

이 말을 듣고 있던 도응이 그들의 말을 가로막았다.

"중강, 숙지, 지금 시간이 좀 있으니 한 가지만 꼭 설명하리다. 이번 전투에서 장수 간의 대결은 없을 것이오. 그대들은 내 곁을 지키며 군자군이 활약하는 걸 지켜보다가 내 신호를 기다리시오. 그때가 되면 출격해 적진을 마음껏 유린하시오."

허저와 진도는 서로의 얼굴을 바라보며 가히 기쁜 표정은 아니었지만 그러겠다고 대답했다.

이어 도응은 신속히 군자군 장수들을 소집해 작전 명령을 하달하는 동시에 전령을 유현으로 보내 장패에게도 출격을 명했다.

그렇게 만반의 준비를 갖추고 기다리고 있을 즈음, 전방에서 척후병이 달려와 유비가 5리도 안 되는 지점에 이르렀다고 보고했다. 도응은 다시 한 번 군자군에게 무기와 각종 장비를 점검하라고 명한 후 전투 대형을 갖추고 유비군을 맞이했다.

잠시 후 유비가 4천 군사를 이끌고 앞으로 달려왔다. 양군이 진용을 갖추고 대치하자 도응은 즉각 말을 몰아 앞으로 나가 채찍으로 유비를 가리키며 꾸짖었다.

"유비 간적 놈은 얼른 나와서 대답하라! 내 부친께서 너에게 태산 같은 은혜를 베풀어 성지와 군사를 빌려주고 전량과 전마를 제공했거늘, 어찌하여 은혜를 원수로 갚는단 말이냐? 여포와 결탁해 서주 토지를 침범하고 서주 장사를 죽인 네 죄를 알렸다!"

유비 역시 관우와 장비를 대동하여 앞으로 나갔다. 유비가 도응에게 공수하고 쓴웃음을 지으며 말했다.

"도 공자, 이는 다 오해입니다. 유비가 잘못을 범한 건 인정하지만 여포와 결맹을 맺은 본뜻은 함께 조적에 대항하기 위해서였습니다. 모두 서주 5군의 안녕을 위한 일이었는데 뜻하지 않게 여포가 도 사군과 갑자기 분쟁이 발생해 서로 칼끝을 겨누는 지경에 이르렀습니다. 이 비는 여포와 맹약을 맺은 관계로 부득이하게 출전했으나 기회를 봐 여포에게 퇴병을 권하여 지금 여포는 산양으로 물러간 상황입니다. 그런데 공자는 어찌하여 이 비의 진심을 헤아리지 않고 감정적으로 행동하여 두 집안의 화목을 깨뜨리려 하십니까?"

도응은 이 말에 전혀 아랑곳하지 않고 큰소리로 욕을 퍼부었다.

"헛소리 집어치워라! 어디서 감히 농간질이냐! 누구를 세 살 먹은 어린애로 아는 것이냐! 그날 유현 전투에서 서주 장사를 더 많이 죽이고, 서주 대장 손강까지 네놈들 손에 죽은 걸 누가 모를 줄 아느냐!"

그러자 장비가 앞으로 나와 큰소리로 외쳤다.

"손강은 바로 내가 죽였으니 형님을 몰아붙이지 마시오! 도 공자, 여포를 도와 싸운 건 순전히 맹약 때문에 어쩔 수 없이 출병한 것이오. 지금 우리 형님의 말에 따라 화해한다면 손강 을 죽인 죄를 달게 받겠소이다. 하지만 형님의 말을 듣지 않는 다면 이 장비를 먼저 상대해야 할 것이오!"

장비가 나서자 도응은 말투를 조금 누그러뜨렸으나 여전히 강경하게 말했다.

"장 장군쯤 되면 스스로의 말이 진실이 아니라는 것을 잘 알 것이오. 맹약? 여포와만 맹약을 맺으셨소? 서주와 맺었던 그 맹약은 장난이었단 소리요? 흥, 욕심에 눈이 멀어 이빨을 드러냈다고 솔직히 말씀하시오. 아무리 의형의 일이라지만 손 바닥으로 하늘을 가리려 하다니 부끄럽지도 않소? 그리고 지 금 이 자리는 아랫사람이 끼어들 자리가 아니오!"

말은 고우나 명백히 장비를 무시하는 내용이었다. 이 말에 장비는 화가 머리끝까지 나 예의 고리눈을 부릅뜨고 장팔사모 를 빗겨든 채 앞으로 달려 나가려 했다. 이때 관우가 장비를 제지하고 곧장 말을 짓쳐 달리며 무게 82근의 청룡언월도로 도응을 가리키며 외쳤다.

"네놈의 말이 과히 방자하구나! 당장 나와서 내 칼을 받아라!"

이때 군자군 친병 대장 이명이 도응의 옆을 스쳐 지나 앞으로 달려가며 외쳤다.

"필부 놈은 나 이명이 상대해 주겠다!"

이명은 관우를 단칼에 벨 것처럼 달려가더니 관우가 마주 달려 나오자 말머리를 돌려 달아나며 크게 소리쳤다.

"관우 필부 놈아, 이번만 네 목숨을 살려두겠다!"

"쥐새끼는 달아나지 마라!"

관우는 벽력같은 목소리로 고함을 지르며 이명의 뒤를 맹렬히 추격했다. 그런데 이명이 본진으로 달아남과 동시에 중기병 뒤에 숨어 있던 군자군 경기병이 움직이기 시작했다.

군자군 경기병은 일제히 함성을 지르며 달려 나와 관우에게 화살 세례를 퍼부었다.

순식간에 쏟아지는 화살 2백 개에 혼비백산한 관우는 청룡언월도로 춤추듯 화살을 막아냈지만 몇 발은 그만 그의 몸에 박히고 말았다. 결국 그 역시 청룡언월도를 버리고 말 배 밑으로 숨고서야 어지럽게 쏟아지는 화살을 겨우 피할 수 있었다.

"형님—!"

장비의 입에서 우레와 같은 외침이 터져 나오더니 미친 듯이 관우를 구하러 달려갔다.

깜짝 놀란 유비 역시 군사를 휘몰아 전속력으로 내달렸다. 이렇게 되자 이들은 연이어 출격한 군자군 경기병에게 좋은 먹잇감이 되고 말았다.

앞서 달리던 장비는 쏟아지는 화살을 당해내지 못하고 재빨리 말 배 쪽으로 몸을 숨겨 간신히 화살 세례를 피했다. 하지만 가련한 유비군은 화살에 그대로 노출돼 수백 명이 그 자리에서 화살을 맞고 쓰러졌다.

유비군이 가까이 다가오자 군자군은 이내 말머리를 돌려 달아나기 시작했다.

미리 봐둔 평원 지대에서 이들은 적당히 거리를 유지한 채 연신 유비군에게 화살을 날려댔다.

이런 괴이한 전술을 처음 본 장비는 몸에 박힌 화살도 아랑곳하지 않은 채 죽은 자신의 전마를 버리고 아무 말이나 갈아타고서 군자군의 뒤를 맹추격했다.

"아우, 쫓지 마라! 그들을 쫓아선 안 된다!"

이미 군자군의 전술을 파악한 유비는 다급히 소리를 질러 장비를 제지했다. 그러나 장비는 울분이 치밀어 올라 누구의 말도 귀에 들어오지 않았다.

장비는 그저 앞만 보고 군자군을 추격했는데, 유비는 아우가 혹시 잘못될까 봐 전군에 그의 뒤를 따르라 명하고 직접 부하를 이끌고 관우를 구하러 갔다.

관우의 몸에는 화살이 20발 이상 박혔지만 다행히 비늘 철갑을 입고 있어서 급소는 보호할 수 있었다. 그렇다 해도 얼굴과 사지에 박힌 살촉에 중상을 면하기는 어려웠다.

유비는 분노에 치를 떨었다. 그는 관우를 속히 소패성으로 데려가 치료하라고 하는 한편, 친히 군사를 이끌고 군자군의 뒤를 쫓았다.

그런데 더욱 분통이 터지게도 군자군은 절대 근접전의 기회를 주지 않았다. 속력이 어찌나 빠른지 따라잡기가 불가능한 데다 달아나면서 화살만 날리는 통에 유비군 사상자는 갈수록 속출했다.

유비는 불가항력의 이 상황을 보고 조금씩 냉정을 되찾기 시작했다.

'도응 놈이 8백 기병으로 수만의 착융 대군을 대파하고 손책을 죽음으로 몰아넣은 건 바로 이 기병 전술 덕이었어. 평지에서는 그야말로 천하무적이 따로 없군. 그래, 성문을 걸어 잠그고 굳게 지키는 것이 최선이야!'

여기까지 생각이 미친 유비는 급히 말을 몰아 장비를 쫓아갔다. 그는 장비의 소매를 잡고 소리쳤다.

"아우, 추격을 멈춰라! 우리는 절대 도응 놈을 따라잡을 수 없다! 장사들을 헛되이 죽일 셈이냐! 당장 철수해야 한다!"

장비는 유비의 손을 뿌리치며 외쳤다.

"안 됩니다요! 도응 놈을 이 창으로 죽이지 못하면 절대 돌아가지 않을 생각입니다!"

"도응의 속도가 너무 빨라서 쫓을수록 희생만 커진다! 당장 철수해야 한다! 중상을 입은 네 형은 어쩔 것이냐?"

관우 얘기가 나오자 장비는 이를 악물고 마침내 말고삐를 잡아당겼다.

두 형제가 울분을 참고 돌아가려는데, 군자군이 이를 가만두고 볼 리 있겠는가.

유비군이 후퇴하기 무섭게 군자군은 반대로 이들을 추격하며 계속 화살을 날려댔다. 이에 격분한 장비가 말머리를 돌려 응전하자 군자군은 다시 달아나며 추격하는 유비군에게 화살을 퍼부었다.

유비는 하는 수 없이 장비에게 더 이상 군자군을 쫓지 말고 무조건 후퇴하라는 명을 내렸다. 지금으로서는 장사들의 희생을 줄이며 소패성까지 무사히 돌아가는 것이 우선이었다.

적지 않은 장사들이 화살에 맞아 쓰러진 끝에 유비군은 마침내 소패성 10여 리 부근까지 이르렀다. 그런데 이때 측면에서 함성 소리가 울리며 일지 군마가 쏟아져 나왔다. 이들은 다름 아닌 장패가 이끄는 낭야군이었다. 장패는 유비와 장비를 향해 광소를 터뜨리며 외쳤다.

"이놈들아, 내 오늘만을 기다렸다! 이제야 손강의 복수를 할 날이 왔구나! 죽여라!"

"와―!"

낭야군은 일제히 고함을 지르며 유비군을 향해 달려들었다. 군자군의 화살에 이미 간담이 서늘해진 유비군은 갑자기 진영이 크게 어지러워졌다.

싸울 마음을 잃은 장비는 유비를 보호하며 필사적으로 적진을 뚫고 나갔다. 이 싸움에서 유비군 태반이 낭야군의 칼에 목숨을 잃었다.

이와 동시에 도응은 군자군의 전술을 조정했다. 도기와 연빈, 진덕에게 경기병을 이끌고 유비군을 추격해 궤멸하라고 명한 후, 곁에서 계속 몸을 근질근질해하는 허저와 진도에게 웃으며 말했다.

"중강, 숙지, 이제 그대들이 활약할 차례요. 나는 경기병을 지휘할 테니 그대들은 중기병을 이끌고 돌격하시오. 그럼 기대하리다."

"명을 받잡겠습니다!"

압도적인 승리에 한껏 흥이 오른 허저와 진도였다. 둘은 일제히 대답한 후 하나는 창을 들고 하나는 칼을 잡고서 혼란에 빠진 유비군 대오를 향해 돌진해 들어가며 벽력같은 소리로 외쳤다.

"유비 필부 놈아, 달아나지 마라. 여기 허저와 진도가 나가

신다!"

"패국의 허중강이 여기 있다. 누가 감히 나와 대적하겠느냐! 살고 싶은 자는 순순히 무기를 버리고 투항하라!"

포수(泡水) 다리 앞에서 칼을 비켜든 허저가 노한 눈을 부릅뜬 채, 아직 다리를 건너지 못한 유비 패잔병들을 향해 벽력같이 고함을 질러댔다.

이 모습에 요행히 먼저 다리를 건넌 유비군 사졸은 감히 돌아와 접응하지 못하고, 발이 묶인 유비군 병사들은 겁에 질려 아무도 앞으로 나서지 못했다. 게다가 장패 군대마저 허저 옆에서 다리를 지키자 유비군 패잔병은 퇴로가 완전히 끊기고 말았다.

서주군의 포위망이 좁혀오자 한 유비군 장수가 퇴로를 확보하기 위해 창을 꼬나들고 허저를 향해 달려들었다.

허저는 그 자리에 우뚝 서서 미동도 하지 않은 채 냉소를 지었다.

유비군 장수는 대갈일성을 지르며 긴 창으로 허저의 가슴을 찔러갔다. 창이 가슴 바로 앞에 이르자 그제야 허저는 왼손으로 창끝을 잡고 그 장수를 향해 창을 그대로 되밀어 버렸다.

거대한 충격이 밀려옴을 느낀 그 장수는 창대를 잡고 있던 양손이 미끄러지며 창 뒷부분에 가슴을 정통으로 맞고 말에서 굴러 떨어졌다.

이에 허저가 포효를 내지르더니 앞으로 달려가 쓰러진 그 장수의 가슴에 그대로 칼을 꽂았다.

이 광경을 지켜보던 유비군 병사들은 간담이 서늘해져 앞다퉈 허저 곁에서 물러났다.

소패성 위에서 이를 본 장비는 두 눈에서 불꽃이 일어나며 창을 들고 당장 성 밖으로 나가 허저와 결사전을 벌이고자 했다.

이때 유비가 황급히 장비를 만류하며 크게 소리쳤다.

"아우는 경거망동하지 마라. 경솔하게 나갔다가는 헛되이 목숨을 잃을 뿐이다!"

장비는 포수 맞은편에서 서주 군대에 포위된 자신의 병사들을 가리키며 노호했다.

"저기 있는 장사들은 어쩌란 말입니까? 우리가 나가지 않으면 저들은 죽은 목숨이란 말입니다!"

유비가 눈물을 뿌리며 말했다.

"중과부적이다. 게다가 아우는 부상까지 입었어. 지금은 저 허중강의 상대가 되지 못하니 참는 것이 상책이다. 다리를 건너지 못한 병사들의 생사는 하늘에 맡기는 수밖에 없구나!"

장비는 발을 동동 구르며 분노의 괴성을 터뜨렸다. 한참 동안 유비군이 유린당하는 것을 바라보던 장비의 눈에서는 끝내 뜨거운 눈물이 흘러 내렸다.

이번 전투에서 유비는 난생 처음 괴멸적인 패배를 당하고 말았다. 4천 군사가 천 명도 안 되는 군자군에게 대패하고 관우와 장비는 부상까지 입었다. 철수하는 과정에서는 장패군을 만나 4천 주력군 중 소패성으로 살아 돌아온 자는 천 명 정도에 불과했다.

후회막급인 유비는 탄식을 내뱉으며 머릿속으로 주판알을 바쁘게 튕겨보았다.

"아, 내가 도응 놈을 너무 얕잡아봤구나! 이제 어쩌지? 소패성을 사수하며 여포에게 원군을 청해볼까? 아니면 도응에게 화친을 청할까? 그것도 아니면 아예 소패성을 버리고 동해로 가거나 북해의 공융에게 투신할까?"

한편 소패 전투에서 대승을 거둔 도응은 이 여세를 몰기 위해 유현으로 돌아가 휴식을 취하지 않고 소패성 남쪽 10리 지점에 영채를 차렸다.

저녁 무렵 서주군이 양과 돼지를 잡아 삼군을 위로하며 전승을 자축하던 중에 유비군 사신 간옹이 찾아와 도응을 만나길 청했다.

도기가 코웃음을 치며 말했다.

"흥, 귀 큰 도적놈이 사신을 보냈다고? 화친을 청한다면 어림도 없다!"

도응 역시 냉소를 지으며 말했다.

"낯짝 두껍게 화친을 청한단 말이지? 볼 것도 없이 간옹은 분명 이리 말할 것이다. 지난번에 유현을 공격한 것은 여포와의 맹약 때문이었고, 서주 장수를 죽인 일은 전장에서 부득이하게 빚어진 일이라며 옛정에 호소하겠지."

도기가 크게 분노하며 소리쳤다.

"꿈도 야무지구나! 제 놈이 서주에서 저지른 악행은 물론이고, 우리 대장을 죽인 일까지 남의 사주를 받았다고? 교활하기 짝이 없는 놈 같으니라고!"

도응은 곁에 있는 장패를 바라보고 웃으며 말했다.

"선고 형, 유현 전투에서 그대가 휘하 장수를 잃었으니 유비와의 화친은 그대에게 모두 맡기리라."

장패는 도응의 뜻을 알아차리고 웃음으로 대답했다. 도응은 그제야 간옹을 안으로 불러들였다.

간옹은 장막 안으로 들어오자마자 여포와 맺은 맹약서를 펼쳐 보이며 도응이 말한 그대로 자신들은 어쩔 수 없이 여포의 뜻을 따른 데다 유현 전투의 몇 배가 넘는 병력 손실을 입었으니, 옛정을 봐서라도 양 세력이 다시 화해하는 것이 어떻겠느냐고 간청했다.

간옹의 말에 도응은 단지 입을 삐죽이며 아무 대꾸도 하지 않았다.

이때 장패가 벌떡 일어나더니 장비가 손강을 죽인 일을 거론하며 버럭 화를 냈다.

그는 유비와의 화해를 단호히 반대하며, 만약 도응이 유비의 화친을 받아들인다면 혼자라도 군사를 이끌고 유비를 공격하겠다고 선언했다.

장패가 강경하게 나오자 도응은 짐짓 발을 빼며 간옹에게 장패를 설득하면 유비와의 화친을 고려해 보겠다고 말했다. 간옹은 하는 수 없이 장패에게 읍하고 예를 갖춰 저간의 사정을 설명하고 이번 한 번만 봐달라고 애걸했다. 그러나 장패는 그의 청을 일언지하에 거절하며 유비가 만약 장비를 죽여 손강의 영전에 제사를 지내면 화친에 응하겠다고 대답했다.

아무리 간청해도 말이 먹히지 않자 간옹은 그대로 소패가 돌아가 유비에게 도응과 장패의 회답을 전했다.

그렇다고 유비가 어찌 장비의 목을 장패에게 바치고 화친을 구할 수 있겠는가.

이제 유비에게는 두 가지 선택밖에 남지 않았다. 하나는 소패를 사수하며 전기를 마련하는 것이고, 다른 하나는 소패를 버리고 다른 제후에게 몸을 의탁하는 것이었다.

이리저리 득실을 따져본 유비는 결국 이를 악물고 전자를 선택하기로 결정했다.

소패성은 양초가 풍족하고 지세가 험요해 포기하기 아까운 땅인 데다 관우, 장비가 모두 부상을 입어 포위망을 뚫기가 만만치 않다고 판단했기 때문이다.

물론 유비는 가만히 앉아서 소패성만 지키지 않았다. 유비는 손건에게 밤에 몰래 북문을 빠져나가 산양의 여포에게 자신의 서신을 전달하라고 명했다.

편지에는 여포에게 맹약을 이행해 소패로 원군을 보내달라는 내용이 적혀 있었다. 또한 군자군의 기이한 전술 특징을 상세히 언급하고, 여포가 소패를 구원하면 사례로 식량 5만 휘를 나눠주겠다고 설득했다.

*   *   *

손건은 소패에서 창읍까지 250리나 되는 거리를 밤낮으로 달려 사흘여 만에 창읍에 도착했다. 서주를 병탄할 마음이 있는 여포와 진궁은 소패의 전투 상황과 서주의 정황을 알아보기 위해 그날로 손건을 만나보았다.

손건에게 자세한 상황 설명을 들은 여포는 마음이 동해 탁자를 치며 말했다.

"현덕은 나와 형제나 마찬가지요. 형제가 곤경에 처했으니 내 당연히 대군을 이끌고 남하해 구하는 게 도리지. 내 병주

(并州) 철기로 도응의 군자군과 자웅을 겨뤄보고 싶은 마음도 있고 말이오."

"주공, 잠깐만요."

이때 진궁이 여포의 말을 끊고 손건에게 공수하며 말했다.

"공우(公祐) 선생, 먼 길을 달려와 피곤할 테니 잠시 쉬면서 기다리십시오. 내 주공과 이 일을 의논한 후 다시 답을 드리리다."

공우는 손건의 자다. 그러자 손건이 눈물을 뿌리며 애걸했다.

"온후, 공대 선생! 소패의 형세가 누란의 위기에 처했습니다. 속히 군대를 파견하지 않으면 소패는 끝장입니다."

진궁이 미소를 지으며 대답했다.

"유비 공에게 당장 원군을 보내야 하나 아군도 조조와 대치 중이라 좀 더 논의가 필요합니다. 하지만 공우 선생은 너무 염려 마십시오."

손건은 하는 수 없이 대당에서 물러나와 여포군의 안내를 받아 역관으로 향했다. 손건이 나가자마자 여포가 다급히 진궁에게 말했다.

"공대, 유비와 도응이 우리 계략에 떨어져 서로 낯빛을 바꾸고 전투를 개시하지 않았나? 지금이야말로 우리가 나서서 어부지리를 얻을 좋은 기회인데 왜 출병을 저지하는 것인가?"

진궁이 미간을 찌푸리며 대답했다.

"주공, 상황이 변했습니다. 아군의 서주 병탄 계획은 이제 장기적으로 접근해야만 합니다. 그 이유는 우리가 도응의 능력을 너무 과소평가했기 때문입니다. 유비와 손건의 말로 보건대, 도응은 우리가 생각한 만큼 그리 만만한 상대가 아닙니다. 무턱대고 남하했다가는 득보다 실이 많습니다."

이 말에 여포가 큰소리로 웃음을 터뜨리며 당당하게 말했다.

"하하, 전쟁터에서 누가 이 여포를 당하겠는가? 고작 천 명도 안 되는 도응의 군자군쯤은 나 혼자서도 능히 무찌를 수 있다네!"

"온후의 무예는 당연히 천하무적입니다. 하지만 이 군자군의 전술이 심히 괴이하여 함부로 나섰다간 승리를 취하기 어렵습니다. 주공의 기병은 천하제일이지만 천 명에 가까운 기병이 모두 도망가면서 몸을 돌려 화살을 쏘는 것이 가능하다고 보십니까? 이런 전법을 우습게보다간 큰코다치기 십상입니다."

여포도 곰곰이 생각해 보았다. 자신의 병주 기병이 아무리 정예롭다고 하나 몸을 돌려 화살을 날리는 기술은 소수 정예만이 가능한 일이었다. 그런데 천 명에 가까운 인원이 이 기술을 구사한다면 확실히 경계할 만했다. 여포의 안색을 살펴던 진궁이 이 틈을 타 건의했다.

"주공, 지피지기면 백전백승이라 했습니다. 지금 우리는 도웅 군자군의 단편적인 면만 알고 있을 뿐이니 출병을 미루는 것이 상책이라고 사료됩니다. 만약 도웅군과 단번에 승부를 보지 못했는데 조조군까지 쳐들어온다면 우리는 양쪽으로 적을 막아내야 하는 위태로운 사태가 발생하게 됩니다."

진궁은 여기까지 말하더니 목소리를 낮춰 음침하게 말했다.

"제가 보기에 가장 좋은 방법은 유비를 배신하고 손건을 도웅에게 압송하는 것입니다. 아군이 남하한 이유는 모두 유비의 부추김 때문이라고 설명하고, 유비 공격을 눈감아줄 테니 조조를 막아내기 위한 식량을 빌려달라고 하면 도웅도 흔쾌히 응할 것입니다. 그리하면 아군은 당장 급한 식량을 얻을 뿐 아니라 도웅이라는 강력한 지원군을 얻어 조조와 싸울 때 요긴하게 써먹을 수 있습니다."

하지만 여포는 진궁의 계책이 너무 사악하다고 여겨 오히려 화를 내며 책상을 내려쳤다.

"공대, 나와 동맹을 맺은 유비가 구원을 청하는데 출병에 찬성하지 않는 것이야 받아들일 수 있지만 어찌 그를 배신하라고 꼬드기는가? 만약 자네의 계책을 수용한다면 오늘 이후로 누가 나와 동맹을 맺으려 하겠는가?"

진궁이 다급해져 여포를 설득했다.

"주공, 지금은 난세입니다. 속임수가 난무하는 이때 어찌 하찮은 인정을 베풀려 하십니까? 한복(韓馥)이 처음에 원소를 후대했는데 원소가 이를 어찌 갚았습니까? 원소는 한복의 대은을 입고도 오히려 기주(冀州)를 빼앗았습니다. 뿐만 아니라 조조도 여백사(呂伯奢)에게……."

이에 여포가 책상을 주먹으로 내려치며 소리쳤다.

"닥쳐라! 나 여포는 당당한 개세 남아로서 어찌 그런 치졸한 짓을 꾸민단 말인가! 유비를 도우러 출병하겠다는 내 뜻은 이미 정해졌으니 더는 거론하지 말라!"

진궁은 아무 대꾸도 못 한 채 마음속으로 탄식했다.

'아, 이로써 강적이 또 하나 늘겠구나! 조조를 버리고 이자를 따라왔거늘, 어찌 조조의 간사함에 반도 미치지 못한단 말인가!'

진궁은 더 이상 권하지 않고 단지 공수하며 말했다.

"주공의 뜻이 정 그렇다면 더 이상 권하지 않겠습니다. 다만 주공이 남정을 떠날 때 저도 같이 수행하겠습니다."

"그러면 다행이긴 하지만 창읍은 누가 지킨단 말인가?"

"그 점이라면 염려 놓으십시오. 고순(高順) 장군이 일처리가 신중하고 사려가 깊어 충분히 맡길 만합니다. 또 장초에게 옆에서 돕도록 하면 조조가 침범해도 주공이 돌아올 때까지 족히 막아낼 수 있습니다."

여포는 고개를 끄덕여 이를 수락한 후, 8천 군사를 이끌고 남하하여 유비를 도와 서주를 점령할 기회를 노리기로 결정했다. 이어 진궁에게도 속히 채비를 서두르라 명했다. 진궁은 출정 준비를 하러 공수하고 바삐 물러나왔다.

第五章

유비와 결전을 벌이다 下

　단번에 병력을 절반이나 꺾인 유비는 소패성에 꼼짝 않고 들어앉았다.

　그나마 이 소패성은 중원 지역에서는 보기 드물게 삼면이 물로 둘러싸여 공격하기는 어렵고, 지키기는 쉬운 지형적 장점을 지니고 있었다.

　성의 동, 남, 북 세 방향은 사수와 포수로 둘러싸여 있었고, 통행이 가능한 교량은 성 쪽에서 비스듬히 아래로 기울어 있어 공격해 들어가기가 만만치 않았다.

　이런 이유로 지세가 너른 서쪽 방향이 유일한 공격 방향이 되다 보니 지키는 쪽은 이곳에만 병력을 집중하면 그만이었다.

이러한 특징으로 인해 소패성은 서주의 여러 성 가운데 하비와 함께 난공불락의 요새로 꼽혔다. 여기에 소패성은 하비성보다 지세가 비교적 높다는 장점이 있었다. 하비의 경우 지세가 비교적 낮아 사수와 회수 중간에 제방을 쌓아 수공을 가하면 홍수를 면하기 어려웠다.

따라서 소패성은 서주 경내에서 가장 공략하기 어려운 성지라고 해도 과언이 아니었다.

"도응 놈아, 이제부터 시작이다. 네놈의 위군자군이 과연 소패성을 함락할 수 있는지 두고 보겠다!"

믿는 구석이 있는 유비는 이를 앙다물고 이렇게 중얼거렸다.

성지가 견고하고 지세가 험요한 데다 외부에는 강력한 우군이 있고 안으로는 군민이 한마음이 돼, 유비로서는 자신이 절대적으로 우세한 싸움이라고 확신했다. 하지만 안타깝게도 유비는 도응이 얼마나 무시무시한 적인지 꿈에도 생각하지 못했다.

*　　　　　*　　　　　*

유비와 결전을 치른 다음 날, 군자군 천 명과 장패의 4천 낭야군은 모두 포수 북쪽으로 이동해 소패성 서문 밖 5리 지점에 대영을 차렸다.

도응은 친히 장패와 허저, 진도를 이끌고 소패성 가까이 다가가 지형을 자세히 관찰하며 성을 격파할 빈틈을 찾았다. 그런데 소패성 성벽을 유심히 관찰하던 도응이 갑자기 입을 벌리고 함박웃음을 지었다.

소패성 일대에는 석회암이 부족하여 유비가 아무리 성벽 보수에 심혈을 기울였다 해도 재료의 한계 때문에 성벽은 다진 흙을 불로 구운 벽돌로 쌓을 수밖에 없었다. 도응은 이 점을 간파해낸 것이다.

이런 성벽은 강도가 강하지 않아 발석기 앞에서는 힘없이 무너질 가능성이 높았다.

"노숙의 후군이 올 때까지 기다립시다. 발석기 8대로 일제히 공격을 퍼부으면 이레 안에 이 담을 평지로 만들어 버릴 수 있소이다!"

자신감에 찬 도응은 수하들을 바라보며 의기양양하게 소리쳤다.

그러자 옆에 있던 장패가 말했다.

"공자, 유현에도 투석기가 두 대 있습니다. 공자가 서정에 나섰을 때, 서주성에서 공장을 동원해 투석기와 대량의 석탄을 만들어두었습죠. 이후 공자가 소패 공격에 나선다고 하자 진원룡이 조표 장군을 통해 투석기와 석탄을 보내왔습니다."

"그거 잘됐군요. 선고 형은 속히 사람을 시켜 그것들을 전부 이리로 가져오게 하십시오. 또 군사 3백 명을 사수 동쪽에 주둔시키고 소패성과 동쪽을 연결하는 다리를 모두 끊어버리십시오. 부교 역시도 발견하는 즉시 때려 부숴 유비가 동쪽으로 도망칠 기회를 원천봉쇄하십시오."

장패가 명을 받고 즉각 사람을 시켜 임무를 내리자 도응이 다시 장패를 불렀다.

"다시 사졸 5백 명을 주변 향정(鄕亭)에 보내 동원 가능한 백성을 모두 이리로 불러주십시오. 가래나 곡괭이도 꼭 준비하라고 이르고요. 서문 밖 3백 보 지점에 토담을 쌓고 참호를 팔 예정이니까요. 녹각 차단물까지 여럿 설치해 유비의 출구를 완전히 막아버리십시오."

도응의 말이 끝나자마자 장패와 진도 등은 깜짝 놀라 물었다.

"공자, 대체 어쩔 심산이십니까? 자고이래로 공성은 세 곳을 포위하고 한 곳을 터주라고 했습니다. 수비군에게 일말의 살길을 열어주어야 궁지에 몰린 짐승처럼 발악하지 않는 법입니다. 앞서 사수의 교량을 끊으라 하고, 또 참호를 파고 담장을 쌓아서 서문까지 막아버리면 도망갈 길 없는 유비군은 소패성을 목숨을 걸고 지키게 됩니다."

도응은 단호히 고개를 젓고 말했다.

"제게 다 계책이 있으니 장군들은 여러 말하지 마시고 명령대로 따라주십시오. 장담컨대 열흘 이내에 반드시 소패성을 무너뜨리겠습니다."

장패 등 서주 장수들은 도응의 말에 반신반의했지만 자신만만해하는 도응을 보면서 감히 반대하지 못하고 착실히 명령을 집행했다.

먼저 3백 명으로 구성된 서주 보병은 군자군의 엄호 아래 소패 동쪽으로 돌아가 동문 밖 사수 교량을 죄다 끊어 놓았다.

또한 사수 맞은편에 군대가 주둔할 수 있는 작은 영채를 세우기 시작했다. 소패군은 이를 발견했지만 군자군이 두려워 감히 성을 나오지 못한 채 빤히 눈뜨고 교량이 무너지는 모습을 지켜볼 뿐이었다. 이로써 소패군은 동쪽으로 빠져나갈 길이 막히고 말았다.

이를 지켜보던 유비는 도무지 이해가 가지 않았다. 도대체 도응이 무슨 꿍꿍이를 꾸미고 있단 말인가?

세 곳을 막고 한 곳을 터주는 일반적인 공성 전술이라면 일부러라도 이곳 동쪽을 터놓는 것이 옳았다. 교량이 좁은 관계로 병사들이 신속히 통과하기가 어려웠기 때문에 이곳에 군사를 매복해 두면 퇴로를 끊고 달아나는 적을 섬멸하기 안성 맞춤이었다.

그런데 서주 군사들이 전혀 주저함 없이 사수 교량을 부수는 이유가 무엇일까?

유비를 더욱 혼란스럽게 만드는 일이 오후 무렵에 일어났다. 주변에서 동원된 백성들이 소패 서문 밖에 가래와 곡괭이를 들고 나타나더니, 3백 보 떨어진 지점에서 참호를 파고 녹각 차단물과 토담을 쌓고 있었다.

작업 속도를 높이기 위해 도응은 아예 천 명에 이르는 군사들까지 동원했다. 게다가 작업 범위 또한 매우 넓었다.

북으로는 사수 서쪽 강가에서, 남으로는 포수 북쪽 강가까지 이어져 반원형으로 소패 서문을 에워쌌다. 여기에 서주 군사들이 사수 교량까지 모두 끊어버려 소패성은 완전히 고립돼 뚫고 나길 길이 전혀 없었다.

이 광경을 지켜보던 유비는 놀랍고 기쁜 한편으로 걱정이 들기도 했다.

놀란 것은 당연히 도응의 괴이한 공성 전술 때문이었고, 기쁜 것은 공사가 완성되기 전까지는 도응이 공격해 올 리 없어 고귀한 시간을 벌 수 있었기 때문이다. 하지만 여포에게 구원을 청한 일이 소득이 없고, 공융과 전해에게 청한 화해 주선이 곡절을 겪게 된다면 사방이 틀어 막혀 궁지에 몰린 쥐 신세를 면키 어려웠다.

부상을 입은 채 수성을 지휘하고 있던 장비가 어리둥절해하며 유비에게 물었다.

"도응 놈이 대체 뭘 하고 있는 겁니까? 설마 우리가 식량이 다해 자멸하길 기다린단 말입니까? 소패성 안에 적어도 반년치 식량이 있다는 것쯤은 알 텐데 말입니다."

"그러면 다행이다만… 도응 놈이 간교하고 속임수가 많아 분명 다른 의도가 있을 것이다. 하지만 아무리 생각해도 그것이 무엇인지 알 수가 없구나."

"그렇다면 이 아우가 성을 나가 저들의 축조 공사를 방해하고 오겠습니다!"

유비도 그러고 싶은 마음이 굴뚝같았다. 하지만 공사 현장 뒤쪽에 군자군 철기가 떡 버티고 있는 데가 장비 몸에 난 상처를 보고는 고개를 가로저었다.

"부상을 입은 몸으로 성을 나서는 건 무리다. 도응 놈이 소패를 말려 죽이려 한다면 내버려 두어라. 어쨌든 우리에겐 강력한 원군인 여포도 있고, 공 북해와 전 사군에게도 화해를 주선해 달라고 얘기해 두지 않았느냐. 시간을 지체할수록 우리가 더 유리해진다."

그러자 장비가 언짢은 표정을 지으며 말했다.

"형님, 여포 놈은 주인을 세 번이나 바꾼 무뢰배인데 기꺼이 우릴 도우려 할까요?"

"유현 전투에서 내가 여포를 저버리지 않았으니 여포도 분명 날 저버리지 않을 것이야."

이튿날 새로 건조한 투석기와 대량의 석탄이 소패성 아래로 보내졌다.

하지만 도응은 이 투석기를 바로 공성에 투입하지 않고 잠시 군중에 놓아두었다. 그는 여전히 군사와 백성을 지휘해 축조 공사에만 열을 올렸다.

한편 백성의 노동 효율을 높이기 위해 만약 일주일 안에 공사가 완성된다면 모든 백성에게 식량 한 섬씩 나눠주겠다고 약속했다. 이 말에 백성들이 환호성을 지르며 사력을 다해 공사에 나서자 작업도 빠른 속도로 진척되었다.

도응이 엉뚱한 일에만 매달리자 서주군 내부에서도 불만이 높아져만 갔다. 이에 장패가 수심 가득한 얼굴을 하고 도응에게 충고했다.

"공자, 이것이 유비군을 전멸시키기 위한 작전임은 잘 알고 있습니다. 하지만 시간이 너무 오래 걸립니다. 중간에 공융과 전해가 끼어들거나 여포가 이 기회를 틈타 내려온다면 큰일 아닙니까. 시간만 끌다가 일단 형세가 급변하면 아군의 축조

공사는 모두 헛수고로 돌아가고 도리어 화를 입을 가능성이
높습니다."

"선고 형이 무슨 말을 하는지 잘 알고 있습니다. 하지만 다
른 문제를 고려해 본 적이 있습니까? 투석기 단 두 대만으로
는 아무리 밤낮으로 공격을 퍼부어도 언제 소패성을 무너뜨
릴 수 있을지 장담할 수 없습니다. 게다가 투석기를 무리하게
가동해 못 쓰게 돼버리면 시간만 낭비한 꼴이 됩니다."

"우리에겐 다른 공성 무기도 있잖습니까? 운제도 있고, 당거
나 비교도 있으니 이것으로 투석 공격과 보조를 맞추는 것이
어떨는지요?"

"아군의 현재 병력이 5천 명인데, 그중 천 명가량은 공성에
투입하기 어려운 군자군 기병입니다. 소패 수비군이 3천 명뿐
이라고 하나 공성을 강행하면 아군 손실도 적지 않을 것입니
다. 이때 여포 원군이 들이닥치기라도 하면 피로한 군사로 어
떻게 호표 같은 군대를 당해내겠습니까?"

"우리에게도 원군이 있지 않습니까? 손관과 서성이 이끄는
보병도 곧 올 테고, 서주 조표 장군의 주력 부대도 출전이 가
능합니다."

"굳이 군대를 움직일 필요는 없습니다. 최소한의 대가로 소
패를 취하는 것이 제 목적입니다. 그러니 선고 형은 조금만
기다려 주십시오. 공사가 완성되고 자경과 중대가 거느린 후

군이 도착하면 마음 놓고 성을 공격할 수 있습니다."

장패는 여전히 불복했지만 지휘권을 가진 도응의 뜻을 거스를 수는 없어 가슴 가득한 불만을 참고 현장으로 달려가 백성의 축조 공사를 재촉했다.

이 기간 동안 유비도 더는 참기 어려워 두 차례나 군대를 성 밖으로 내보냈다.

한 번은 서문 밖으로 달려가 축조 공사를 방해하고, 또 한 번은 사수 강가에 부교를 설치하기 위해서였다. 물론 이 두 차례 시도 모두 서주군에게 저지돼 사상자만 내고 아무 소득 없이 돌아왔다.

이에 유비는 어쩔 수 없이 소패성을 굳게 닫고 성벽 보수에 힘을 쏟으며 최대한 시간을 벌면서 원군이 오기만을 기다렸다.

이렇게 이레간 대치하며 일곱째 날 밤 무렵이 되었을 때, 서주군의 수축 공사도 마침내 마무리가 되었다.

도응이 약속대로 백성들에게 식량을 지급하고 있을 때 패국 방면에서 기쁜 소식이 날아왔다. 노숙이 거느린 보병 부대가 전날 밤 저추에 도착해 이튿날 오전이면 소패 전장에 당도할 것이라는 전갈을 받았다.

이에 도응은 노숙 부대가 빨리 강을 건널 수 있도록 서둘러 포수에 부교를 설치하라고 명했다.

때마침 물이 마른 겨울이라 하룻밤 새에 부교 6개가 설치되었다.

여덟째 날 오전, 노숙과 서성, 손관이 거느린 보병 부대가 마침내 포수 강가에 당도했다.

도응은 크게 기뻐하며 친히 부교까지 나가 노숙 등을 맞이했다. 그러나 노숙은 도응이 이 기간 동안 무수한 인력과 물자를 동원해 수축 공사에 매달리고, 또 한 차례도 소패성을 공격하지 않았다는 얘기를 듣고 대경실색하며 물었다.

"공자, 이 축조 공사는 대체 뭡니까? 공자가 진국을 떠날 때, 신이 재삼 당부한 말을 잊으셨습니까? 유비는 전황이 불리해지면 소패를 버리고 도망칠 자입니다. 그런데 어찌하여 사방을 틀어막고 교량까지 끊어 소패성을 사수하며 원군을 기다리게 만든 것입니까?"

장패와 진등 등도 쓴웃음을 지으며 노숙의 질책에 찬동하는 뜻을 표했다.

하지만 도응은 여전히 웃으면서 말했다.

"자경, 나라고 어찌 유비에게 소패를 버리고 도망칠 기회를 주지 않았겠소이까? 여드레 전 우리가 소패 남부에서 유비 놈의 병력을 절반이나 꺾어놓았습니다. 그리고 일부러 남쪽을 제외한 모든 길을 봉쇄하지 않았는데도 유비가 도망가지 않는 걸 어쩝니까? 소패성을 사수하며 원군을 기다리려 하니 지금 아무리 활로를 열어준다 해도 무슨 소용이 있겠습니까?"

그 말에 노숙이 더욱 화가 나 물었다.

"그럼 왜 서둘러 성을 공격하지 않았습니까? 산양에서 소패까지는 250여 리라 여포가 일단 출병하면 네댓새면 소패에 당도할지 몰랐단 말입니까?"

"당연히 알고 있지요. 그래서 세작을 창읍에 보내 여포의 동정을 철통같이 주시하고 있었습니다. 여포가 출격하면 하루 이틀은 우리가 먼저 소식을 알게끔 말입니다."

도응은 여기까지 얘기하더니 크게 웃음을 터뜨리고는 분노한 노숙을 향해 손을 저으며 말했다.

"자자, 제가 왜 이렇게 자신만만해하는지 곧 알게 될 겁니다. 여기는 얘기할 곳이 못 되니 일단 안으로 들어갑시다. 술이나 한잔하면서 성을 공격할 방법을 논의해 보자고요."

노숙과 장패 등은 어쩔 수 없이 도응을 따라 대영 안으로 들어갔다. 그리고 이제 막 도착한 보병 부대에게도 휴식을 취하라 명하고, 발석기 8대도 공성에 바로 쓰기 위해 군중으로 옮겼다.

그런데 이때 장패와 노숙 등의 우려가 현실이 되고 말았다.

도응이 장수들을 이끌고 영채로 돌아와 채 자리에 앉기도 전에 친병의 보고가 들어왔다. 산양에서 달려온 세작이 매우 긴급한 정보를 가지고 왔다는 것이었다. 도웅은 얼른 그를 안으로 들이라고 명했다.

잠시 후, 평민복 차림의 한 중년인이 온몸에 먼지를 뒤집어쓴 채 나는 듯이 대영으로 들이닥쳤다. 그는 숨이 너무 찼는지 쉰 목소리로 소리쳤다.

"공자께 아룁니다. 그제 오전, 여포가 친히 8천 보기를 거느리고 창읍을 출발해 소패로 남하하고 있습니다!"

"뭐? 여포가 친히 온다고?"

대영 안에 있던 모든 서주 장수들은 이 말에 깜짝 놀라며 얼굴들이 사색이 되었다.

여포가 온다는 말에 다들 놀라 얼굴이 잿빛으로 변했지만 도웅은 전혀 당황하는 기색 없이 웃음을 지어 보였다.

"드디어 오는구나. 그래, 유비가 여포에게 보낸 사신은 누구더냐? 간옹이냐 아니면 손건이냐?"

서주 세작은 얼굴의 땀을 닦으며 대답했다.

"소인이 알아본 바에 의하면 손건이 분명합니다."

"알겠다. 수고 많았으니 이만 돌아가서 휴식을 취하라. 내 곧 큰 상을 내릴 것이다."

그 세작이 크게 기뻐하며 예를 행하고 나가자마자 대영 안은 웅성거리며 소란스러워졌다. 노숙과 장패 등은 놀란 마음에 도웅을 다그쳤다.

"공자, 이제 어쩔 작정이십니까? 여포가 이미 출병해 빠르면 내일 오후나 모레 아침에 소패에 당도할 텐데, 여포와 유비가 연합해 공격해 오면 막아낼 대책은 있는 것입니까?"

하지만 도응은 아무 걱정도 없는 듯 태연하게 대답했다.

"뭐가 그리들 급하십니까? 여포가 보기를 함께 대동하여 아무리 빨라야 내일 오후에나 소패에 당도합니다. 공성 시간은 아직 많이 남았으니 너무 서두르지 마십시오."

장패가 답답해 가슴을 치며 물었다.

"아직 시간이 많다고요? 지금 벌써 오시(午時:오전 11시~오후 1시)가 다 돼갑니다. 당장 공성에 나선다 해도 13~14시진밖에 남지 않았습니다. 이 시간에 저 단단한 소패성을 깰 수 있다고 보십니까?"

"충분합니다. 그렇게 시간이 많이 필요치도 않습니다."

도응은 웃으며 대답한 후 노숙을 보고 말했다.

"자경, 아무래도 오늘 환영 술자리는 다음으로 미뤄야겠습니다. 내일 아침 소패성에 들어가 거하게 한잔 마셔봅시다."

노숙이 쓴웃음을 지으며 말했다.

"환영 술자리가 무에 중요합니까? 공자께 이미 성을 깰 묘계가 준비되어 있는 듯하니 얼른 명을 내려주십시오. 마냥 시간을 지체할 수는 없습니다."

도응은 여전히 미소를 띤 채 고개를 끄덕이더니 장중을 향해 크게 소리쳤다.

"연빈과 우상은 들어라!"

군자군의 두 경기병 대장 연빈과 우상이 앞으로 나와 공수하며 대답하자 도응이 즉각 명을 내렸다.

"너희들은 즉각 본부 경기병을 이끌고 북상해 패현 변경으로 가라. 거기서 여포군의 동정을 주시하고 수륙 양로를 봉쇄해라. 말 한 필, 배 한 척이라도 절대 건너게 해서는 안 된다. 만약 몰래 건너려는 자가 있다면 그 자리에서 목을 베어라!"

연빈과 우상이 일제히 대답하고 장중을 나서려 하자 도응이 노파심에 몇 마디를 더 건넸다.

"지금 사수의 물이 얕아 큰 배는 다니기 어렵지만 작은 배나 개인 배는 운항이 가능하다. 그러니 육지의 사신을 경비하는 것 외에 강상의 작은 배들도 주의해서 보아야 한다. 만약 유비와 여포의 사신이 몰래 만나기라도 하면 우리 대사를 그르치게 된다. 꼭 명심해야 한다!"

두 장수에게 요로 봉쇄 임무를 맡긴 도응은 그제야 안심이 됐는지 장중을 돌아보고 다시 명을 내렸다.

"서성, 손관, 그대들의 대오는 이제 막 소패에 도착해 매우 피로할 것이오. 그러니 영채로 돌아가 군사들을 배불리 먹이고 휴식을 취하면서 체력을 보충하도록 하시오. 그리고 선고 형은 본부 인마를 거느리고 나와 같이 대영을 나가 소패를 공격합시다."

이 명에 손관이 불복하며 앞으로 나와 큰소리로 외쳤다.

"공자, 휴식은 필요 없습니다. 말장의 형이 고리눈 장비 놈에게 죽임을 당했습니다. 말장도 공자를 따라 성을 공격해 형의 원수를 갚겠습니다!"

"중대, 너무 서둘지 마시오. 내 꼭 그대에게 형의 원한을 갚을 기회를 드리다. 하지만 지금은 때가 아니니 돌아가 쉬도록 하시오."

손관은 도응의 말에 끝까지 불복하며 기어코 공성에 참가하겠다고 우겨댔다.

이에 도응이 군령을 어기는 자는 군법에 따라 처벌하겠다고 명하자 손관은 그제야 하는 수 없이 명을 받고 물러나왔다.

도응은 서성에게 손관을 잘 지켜보라고 당부한 후 장패와 함께 4천 군사를 거느리고, 또 발석거 10대와 대량의 석탄을 가지고서 호호탕탕하게 소패성 서문을 향해 나아갔다.

한편 소패성에 꼼짝 않고 틀어박혀 있던 유비 형제는 노숙이 거느린 보병 부대가 증원된 것을 보고 근심이 더욱 깊어졌다.

이에 몸에 중상을 입은 관우가 유비에게 말했다.

"형님, 이렇게 버티는 건 양책이 아닌 듯 보입니다. 아군의 힘이 왕성할 때 가능한 한 빨리 포위를 돌파해야 하지 않을까요? 계속 시간을 끌다가 군사들이 수성에 지쳐 버리면 뚫고 나가기 어려워질까 걱정입니다."

유비는 관우의 말이 일리가 있다고 여겨 고민에 빠졌다. 그의 말대로 나중에 군사들의 체력이 다하면 퇴로가 모두 끊긴 상황에서 빠져나가기가 쉽지 않을 것이다.

하지만 고민을 거듭하던 그는 양초가 풍족하고 지세가 험요한 소패 견성(堅城)을 차마 버리기가 아까웠다. 이에 고개를 가로저으며 말했다.

"성을 버리기에는 아직 이르다. 며칠만 더 버텨보고 다시 생각해 보도록 하자. 여포가 소패를 구원하기 위해 출격했다면 노정상 사흘 안에 반드시 소식이 있을 것이다. 사흘 후에도 원군이 이르지 않으면 그때 빠져나가도 늦지 않다."

유비의 말에 관우는 고개를 끄덕였다. 하지만 장비가 불만에 가득 찬 목소리로 투덜거렸다.

"답답합니다. 형님은 어찌 주인을 두 번이나 바꾼 소인배 놈을 자꾸 믿으십니까? 그놈을 믿느니 차라리 나무에서 물고기를 얻겠습니다그려."

"내가 여포를 저버리지 않았으니 여포도 틀림없이 날 저버리지 않을 것이다."

이때 5리 밖 서주 대영에서 군대의 움직임이 포착됐다. 여드레 동안 꿈쩍도 않던 서주군이 홀연 4천 군사를 이끌고 출동한 것이다.

서주군이 소패성 가까이 다가오자 유비도 재빨리 군대를 지휘하여 응전 태세를 갖추었다.

그런데 서주군은 뜻밖에 방패 부대를 선봉에 세우고 그 뒤에 궁노수를 배치하는 방어 태세를 취했다. 동시에 기괴하게 생긴 발석거 10대를 진영 앞에 일자로 늘어놓고 소패 성벽을 조준하고 있었다.

이 광경을 지켜보던 유비 형제는 영문을 몰라 어리둥절해하며 고개를 갸웃거렸다.

유비는 의문이 가득한 얼굴을 한 채 도응의 의도를 간파하려 애썼다.

"도대체 저 진영은 뭐지? 성을 공격하려는 것이야 아니면 아군이 성을 뚫고 나가는 데 대비하려는 것이야? 또 벽력거는 소패성에서 족히 3백 보나 떨어져 있잖아? 미축 형제가 알려준 대로 만든 벽력거는 사정거리가 길어야 백 보밖에 안 되던데……."

의문이 들기는 서주 장수들도 마찬가지였다. 도응이 방패 부대를 선봉으로 삼고 궁노수를 후위에 배치하자, 장패와 진도, 도기 등은 도무지 이해가 되지 않아 잇달아 도응에게 달려와 물었다.

"공자, 우리에겐 시간이 많지 않습니다. 당장 투석기를 동원해도 시원찮을 판에 어째서 수세를 취한단 말입니까?"

하지만 도응은 미동도 하지 않고 미소를 지으며 말했다.

"누가 시간이 없다고 그럽니까? 선고 형은 물론 제장들도 안심하길 바라오. 우리에겐 시간이 넘치니까 말입니다."

이 말에 서주 제장은 어안이 벙벙해졌다. 도응이 대체 무슨 소리를 하고 있단 말인가?

그제야 도응은 곁에 있던 친병 대장 이명에게 턱짓으로 신호를 보냈다.

이명은 그 뜻을 알아차리고 즉시 30대 중반의 남자 하나를 데리고 왔다.

평범한 외모에 별다른 특징은 없었고, 유생 복장에 방건(方巾)을 쓴 이 남자의 손에는 한 자 크기의 네모난 나무상자가 들려 있었다.

도응은 이 남자를 가리키고는 뭇 장수들에게 웃으면서 말했다.

"일이 이렇게 됐으니 더는 속이기 어렵겠군요. 사실 아군이 양쪽에서 공격당하는 곤경을 피하기 위해 제가 미리 여온 후에게 비밀리에 사람을 보냈습니다. 그에게 화친을 청한 것은 물론이고 함께 손을 잡고 유비 간적을 멸하자고 간청했습니다. 여기 허맹(許孟) 선생은 바로 여온후가 우리 진영에 답신을 주기 위해 보낸 사신입니다."

"이분이 여온후가 보낸 사신이라고요?"

장패 등은 놀랍기도 하고 기쁘기도 한 마음에 다급히 허맹에게 예를 갖추고 물었다.

"허맹 선생, 인사가 늦었습니다. 그런데 여온후가 무슨 답신을 보냈습니까?"

"안심하십시오. 우리 주공께서는 도 공자의 청에 응하셨습니다."

허맹의 대답에 장패 등은 기뻐 어쩔 줄을 몰랐다. 이어 허맹이 나무상자를 받쳐 들고 웃으며 말했다.

"사실 우리 주공께서는 유현 전투가 벌어진 후 일이 이상하게 돌아간다는 것을 깨달으셨습니다. 아군이 유비의 차도살인 계책에 걸려들었음을 의심하고 즉각 장문원(張文元) 장군에게 퇴각을 명하셨습니다. 이후 도 공자가 비밀리에 산양에 사신을 파견한 후에야 유비가 일부러 아군을 서주 전장에 끌어들였음을 알고 크게 화를 내셨습니다. 그래서 우리 주공께서는 귀군과의 화친을 수락했을 뿐 아니라 친히 군사를 이끌고 남하하여 함께 소패를 공격하겠다고 약속하셨습니다."

문원은 장료의 자다. 허맹이 여기까지 말하고 손에 든 나무상자를 열자 안에서 뜻밖에 사람 머리가 드러났다.

그는 미소를 띠며 말했다.

"아군과 귀군이 연합해 유비를 공격한다는 뜻을 증명하기 위해 우리 주공께서 유비의 사신인 손건의 목을 베 도 공자에게 선물로 드리라 했습니다. 자, 보시지요."

"오, 정말이로구나!"

장패 등 제장들은 일제히 환호성을 지르며 기쁜 기색을 숨기지 않았다.

그러고는 사람을 이토록 조바심 나게 한 도응을 원망의 눈빛으로 바라봤다.

도응은 계면쩍은 웃음으로 이들의 눈초리를 무마한 후 허맹에게 고개를 돌려 말했다.

"허맹 선생, 번거롭겠지만 지금 소패성으로 가서 유비에게 이 뜻을 알려주시겠습니까? 그런 다음 저희가 바로 공격에 들어가겠습니다."

허맹은 이를 수락하고 즉각 나무상자의 덮개를 닫았다. 그는 영채를 나와 백기를 흔들며 총총히 서주성 아래로 달려갔다. 서주 제장들은 얼굴에 희색을 띤 채 앞다퉈 허맹의 뒤를 따랐다.

이들은 유비가 고통스러워 할 장면을 떠올리며 통쾌해했다.

장수들이 유비의 반응을 살피러 나간 와중에도 노숙만은

이해가 가지 않는다는 듯 턱에 손을 괴고 도웅에게 물었다.

"공자, 공자는 줄곧 여포와 손을 잡는 건 호랑이에게 가죽을 달라는 것과 다를 바 없다고 말하지 않았습니까? 그런데 어째서 지금 생각을 바꾸신 겁니까?"

도웅은 하늘을 바라보며 탄식하고 말했다.

"방법이 없었습니다. 아군의 군사력이 약해 여포가 유비를 지원한다면 손쓸 방도가 없잖습니까? 그래서 전량을 한껏 쥐어주고 여포를 매수한 것입니다. 재물을 잃은 것으로 액땜한 셈 치면 됩니다."

"그러면 잠시 여포의 발만 묶어놓으면 될 것을 왜 굳이 원군까지 청해 이리를 집 안으로 끌어들였습니까?"

노숙의 의문에 도웅은 아무 대답도 하지 않고 단지 노숙을 바라보며 미소만 지었다.

마치 수수께끼를 알아맞혀 보라는 듯한 표정에 노숙은 고개를 갸웃하며 곰곰이 생각에 잠겼다.

그러더니 잠시 후 노숙이 무언가 깨달았다는 듯 손뼉을 치며 소리쳤다.

"아, 그런 것이었구나! 하, 공자야말로 정말 대단합니다. 어찌 그런 생각을 다 하셨습니까?"

그제야 도웅은 껄껄 웃으며 말했다.

"사실 군사가 없을 때 생각해 낸 계략이라 말할 시간적 여유가 없었습니다. 역시 제 뜻을 알아보는 사람은 군사밖에 없소이다. 이런 군사가 옆에 있으니 내 어찌 든든하지 않겠습니까!"

노숙은 공수하며 겸양의 뜻을 보이고는 도응과 함께 큰소리로 웃음을 터뜨렸다.

그 시각 서주 군중에서 백기를 들고 나온 문사(文士)가 소패성 아래에 이르자, 안절부절못하던 유비는 도응이 혹시 협상을 위해 보낸 사신이 아닐까 싶어 기쁜 마음에 당장 성벽 위로 달려갔다.

허맹은 성을 향해 허리를 굽혀 예를 행한 후 큰소리로 외쳤다.

"성 안의 군사는 유비 공에게 전해주시오. 연주 여온후 휘하의 허맹이 유비 공을 뵈러 왔소이다!"

"여포의 사신이라고? 여포의 사신이 왜 도응 군중에서 걸어 나온 거지?"

유비는 대경실색하며 마음속으로 불길한 예감이 들기 시작했다.

그는 서둘러 허맹에게 답례한 후 말했다.

"허 선생, 내가 바로 유비요. 선생은 무슨 소식을 전하러 오셨소?"

"이는 온후께서 전하라는 명입니다. 유비 공이 아군과 동맹을 맺으려는 의도가 불순하여 우리 주공께서는 귀군과 동맹 관계를 단절하기로 결정하셨습니다. 소신이 온후를 대신해 선포합니다. 오늘 이후로 귀군과 아군 양군은 동맹을 끊고 아무 관련도 없음을 선포하오!"

"뭐라고? 여포가 나와 맹약을 끊겠다고?"

유비는 마른하늘에 날벼락을 맞은 기분이었다. 갑자기 하늘이 노래지면서 당장이라도 쓰러질 듯 몸이 휘청거렸다. 곁에 있던 관우와 장비도 발연대로하며 여포에게 온갖 욕을 퍼부었다.

이때 허맹이 나무상자를 열더니 안에 담긴 손건의 목을 보여주며 큰소리로 외쳤다.

"이는 도 공자가 공에게 보여주라고 한 물건이오. 우리 주공께서는 식량을 지원해 준 도 공자의 은덕에 보답하기 위해 공의 사자인 손건의 목을 베었소."

"공우—!"

비록 거리는 멀었지만 유비는 한눈에 그 머리가 손건의 것임을 알아보고 갑자기 목을 놓아 울기 시작했다.

관우와 장비는 크게 노해 벽력같은 고함을 지르더니 일제히 허맹에게 화살을 쏘라고 명했다.

하지만 이미 때는 늦어 애석하게도 허맹이 이를 알아차리고 재빨리 도망간 뒤였다.

여포의 배신과 손건의 죽음에 관우와 장비는 길길이 날뛰며 당장 군사를 이끌고 성을 나가 서주군과 결사전을 벌이고자 했다.

통곡하던 유비가 아우들을 만류하며 말했다.

"지금 저들은 진지를 확고히 구축하고 우리가 나오기만을 기다리고 있다. 이런 적에게 달려들다간 죽음을 자초할 뿐이니 잠시 화를 누그러뜨리도록 해라."

이 말에 성을 나가진 않았지만 장비는 여전히 노기충천해 유비에게 말했다.

"형님, 제가 누차 얘기하지 않았습니까? 식언을 밥 먹듯 하고 거짓말을 일삼는 여포 놈과 동맹을 맺었다가 이게 무슨 꼴입니까?"

유비는 장비의 말에 아무런 반박도 하지 못하고 그저 눈물을 흘릴 뿐이었다.

"내 아우의 말을 듣지 않은 것이 후회가 되네. 죽어서 어찌 공우를 볼 낯이 있겠는가."

"아우, 지금 그런 말을 해야 아무 소용없으니 그만두게. 그리고 이건 형님의 탓이 아니라 물욕에 눈이 멀어 신의를 헌신짝처럼 버린 여포 놈 때문 아닌가."

관우는 잠시 장비를 진정시키고 다시 유비에게 말했다.

"형님, 여포가 이미 맹약을 저버렸으니 소패성을 끝까지 지키다간 앉아서 죽음을 맞게 됩니다. 전에 제가 말씀드린 대로 하시지요."

유비는 오열을 하는 와중에도 재빨리 머리를 굴렸다.

'계속 지켜야 할까? 아니면 성을 버리고 도망쳐야 할까? 공융과 전해에게 보낸 사신은 대체 언제쯤이나 오려는 거지?'

유비가 결정을 내리지 못하고 고민하고 있을 때, 서주군 진영에서 도응의 투석 공격 명령이 떨어졌다.

투석기 10대에 장전된 거대한 석탄이 씽씽 바람 가르는 소리를 내며 소패성을 향해 날아왔다. 그중 두 발이 소패성 서문 성루에 명중했다.

천지가 진동할 정도의 굉음이 나면서 벽돌과 나무로 된 성루가 와르르 무너져 내렸다. 성루에 있던 유비군 궁노수들은 처참한 비명을 지르며 그대로 그 안에 매몰되었다.

"어찌 저럴 수가? 어찌 저리 멀리서 날아온단 말인가?"

유비 형제가 놀란 입을 다물지 못하고 있을 때, 다시 한 발이 하늘에서 떨어졌다.

유비 형제 왼쪽 가까이로 날아온 이 석탄에 사병 대여섯 명이 깔려 그 자리에서 즉사했다.

이 석탄은 가속이 붙어 다시 다섯 자나 더 굴러가 미처 피하지 못한 사병 둘을 다시 덮쳤다.

그 흉험한 위력에 유비군 병사들은 혼비백산이 돼 사방으로 흩어져 달아나기 바빴다.

이와 동시에 다른 석탄들도 연이어 날아왔다.

그중 세 발은 성벽 측면에 떨어져 흙으로 된 성벽에는 세 자 깊이의 큰 홈이 팼고, 또 한 발은 해자에 떨어져 몇 장 높이의 물보라를 일으켰으며, 나머지 두 발은 해자 옆에 떨어져 제방을 무너뜨렸다. 또 한 발은 성벽을 넘어가 소패성 안의 민가에까지 날아갔다.

한 차례 투석 공격이 끝나자 도응은 말을 몰아 토담 위로 올라가 멀리 있는 유비를 가리키며 큰소리로 외쳤다.

"귀 큰 도적놈아, 내 벽력거가 왜 네 벽력거보다 멀리 나가는지 괴이해하고 있느냐? 미축 형제가 네게 준 벽력거 도안은 내가 일부러 훔쳐가도록 놓아둔 것이다! 그래, 속은 기분이 어떠하냐? 이번에야말로 네놈과 결판을 내고 말겠다! 여봐라, 계속 석탄을 날려 소패성을 부숴 버려라!"

투석기를 발사하는 병사들이 일제히 대답하고 다시 한 번 무정한 석탄을 날리자, 소패성에서는 굉음과 함께 처참한 비명 소리가 메아리치듯 울려 퍼졌다. 유비는 바로 옆의 성가퀴가 무너지는 것을 보고 얼굴이 창백해져 혼잣말로 중얼거렸다.

"도응 놈이 진즉부터 날 없앨 계략을 꾸미고 있었구나… 내가 살아 있는 한 네놈을 절대 용서치 않겠다. 어쨌든 여기서 빨리 빠져나가는 것이 급선무야. 머뭇거리다가 소패성이 무너지면 복수고 뭐고 목숨을 부지하기 어렵겠어."

도응이 진영으로 돌아가 재차 투석 공격을 지휘하고 있을 때, 유비에게 사신으로 갔던 허맹이 황급히 돌아와 도응 앞에 무릎을 꿇었다. 도응은 땀을 뻘뻘 흘리는 그를 바라보고 웃으며 말했다.

"수고했소. 이만 돌아가 휴식을 취하시오. 내 곧 상을 내리리다. 그리고 이제부터는 남의 점이나 쳐주는 일은 그만두고 내 밑에서 일하는 것이 어떻겠소? 문관 직을 하사할 테니 문서 처리를 좀 도와주시오."

"저자가 점쟁이라고?"

곁에 있던 장수들은 대체 일이 어찌 돌아가는지 몰라 어안이 벙벙해졌다.

그 허맹이란 자는 크게 기뻐하며 도응에게 연신 고개를 조아리며 감사하다고 말했다. 그러더니 손건의 머리를 도응에게 바치며 물었다.

"공자, 이 머리는 어찌할까요?"

"안료를 바른 밀가루를 어디다 쓰겠소? 그건 간웅의 머리와 함께 그대가 알아서 처리하시오."

"헉, 밀가루로 만든 머리라고?"

장패는 깜짝 놀라며 재빨리 나무상자를 빼앗아 그 머리를 자세히 살펴보았다.

머리를 손으로 만져 보니 과연 밀반죽한 덩어리가 틀림없었다. 그러나 반죽 솜씨가 매우 뛰어나고 안료까지 꼼꼼히 발라 멀리서 보면 사람의 잘린 목과 너무도 흡사했다.

사실 이 속임수는 정상적이라면 제갈량이 수십 년 후 써먹을 방법이었다.

제갈량이 남만(南蠻)을 정벌하고 회군할 때 노수(瀘水)를 건너는데 풍랑이 거세 배가 뜨지 못했다. 이곳에는 사람 머리 49두를 바쳐 풍랑을 진정시키는 풍습이 있다고 말하자, 제갈량은 차마 사람을 죽여 제사 지내지 못하고 밀가루로 사람 머리 모양을 만들어 제사를 지내 무사히 강을 건너게 된다. 그런데 이를 도응이 먼저 써먹은 것이다.

"공자, 이것들이 대체 어찌된 일인지 설명 좀 해주십시오."

장패와 진도 등은 모든 사실이 놀랍기도 하고 기이하기도 해 도응에게 물었다.

그러자 도응이 웃으면서 대답했다.

"아주 간단합니다. 바로 심리전술이죠. 여포는 본래 배신을 밥 먹듯 하는 자라 유비가 절대 그를 진심으로 신뢰할 리 없습니다. 그래서 제가 허맹을 여포의 사신처럼 꾸며 손건의 목과 함께 유비에게 보낸 것입니다. 여포가 유비와 동맹을 끊는 다고 선포한 후 갑자기 투석 공격을 가하면 원군에 대한 희망 이 사라진 유비는 수성 결심을 버리고 성을 나올 것이 분명합 니다."

장패 등은 여전히 이해가 가지 않는다는 듯 고개를 갸웃하 며 물었다.

"하지만 유비가 이를 믿는다는 보장이 없잖습니까?"

"아니오. 반드시 믿게 돼 있습니다. 천성적으로 의심이 많은 유비가 가짜 사신의 말을 듣고 손건의 목까지 보고도 이를 믿 지 않는다면 유비가 아닙니다. 쉽게 예를 들어 설명해 보죠. 누가 선고 형이 모반을 일으켰다고 말한다면 저는 당장 중강 이나 숙지를 시켜 그자를 죽일 것입니다. 왜냐하면 선고 형이 절 절대 배반할 리 없다고 믿기 때문입니다. 마찬가지로 누가 제 앞에서 숙지나 중강이 배신했다고 말한다면 전 선고 형을 시켜 그 자의 목을 벨 것입니다. 중강이나 숙지가 절 배신할 리 없음을 잘 알기 때문이죠. 그러나 유비는 다릅니다. 여포 야 원래 그런 자이니 그렇다 치더라도, 결의형제한 관우와 장 비조차 완전히 신뢰할 리 없다고 확신합니다. 그는 실로 그런 사람입니다!"

"공자……!"

장패와 허저, 진도는 이 말에 감격해 한쪽 무릎을 꿇고 예

를 갖추었다. 도웅은 그들의 어깨를 두드려 주며 미소를 짓고
말했다.

"그대들은 모두 내 수족 같은 형제입니다. 그대들을 믿지
않는다면 누굴 믿겠습니까? 그리고 선고 형, 며칠 전 제가 왜
공성을 반대한지 아십니까?"

"왜입니까?"

"두 가지 이유가 있습니다. 하나는 여포의 반응을 기다렸던
것이고, 다른 하나는 장사들의 의미 없는 희생을 원치 않았기
때문입니다. 공성전은 사상자가 가장 많은 전투입니다. 자경
이 거느린 후군이 오기만 하면 투석기로 손쉽게 공성이 가능
한데, 헛되이 장사들을 희생할 필요는 없지 않습니까?"

장패는 도웅에게 공수한 후 감읍한 표정으로 말했다.

"공자, 오늘 이후로 누가 공자에 대해 안 좋은 말을 한다면
말장의 손으로 그자의 목을 베겠습니다!"

도웅은 장패의 손을 꼭 잡고 그의 얼굴을 바라보며 고개를
끄덕였다.

한편 발석거의 맹공에 소패성 성벽이 무너지고 주요 시설들
이 박살 나자 유비는 마침내 결심을 굳히고 아우들에게 굳은
얼굴로 말했다.

"도웅 놈 벽력거의 위력이 대단해서 더는 소패성을 지키기

어렵겠구나. 오늘밤 2경쯤에 전군은 북문을 돌파한다!"

관우가 말했다.

"형님, 북문 밖은 바로 사수인 데다 교량도 모두 끊어졌습니다."

"지금은 겨울이라 물이 적어서 충분히 건널 수 있다. 쓸모없는 물건들로 강을 메우면 건너는 데 무리가 없을 것이다. 우리는 지금 이것저것 따질 겨를이 없다. 도응의 원군이 먼 길을 달려와 피로한 틈을 타 오늘밤에 무슨 일이 있어도 포위를 뚫어야 한다. 도응의 원군이 원기를 회복하게 되면 정말 도망칠 길이 없어진다."

관우와 장비는 서로의 얼굴을 한 번 쳐다보고 비장한 표정으로 고개를 끄덕였다.

*   *   *

도응은 날이 어두워지자마자 영채로 돌아와 서성에게 토담으로 병력을 집결시키라 명했다. 그런 다음 군사들을 시켜 소패성 서문 밖에 무수한 횃불과 화롯불을 피워놓아 유비에게 서문을 포위하고 공격할 뜻이 있음을 드러냈다.

2경 때가 되자 유비 형제는 잔여 3천 병력을 모두 이끌고 몰래 소패성 북문을 빠져나갔다.

이들은 수레와 천막, 수성 무기 등 휴대할 수 없는 물건들을 모두 사수에 던져 물살의 흐름을 늦추고 강물을 막은 후 강을 건넜다.

순라를 돌던 서주 척후병이 이를 발견했을 때, 유비군은 이미 강을 모두 건너가 공융에게 투신하러 북해로 향하던 중이었다.

척후병의 징 소리를 들은 도응은 미소를 지으며 서성에게 군사를 이끌고 유비군이 모두 빠져나간 소패성을 접수하는 동시에 유비군의 퇴로를 끊으라고 명했다.

유비군이 강을 건너 채 10리도 가지 못했을 즈음, 동쪽에서 일지 군마가 느닷없이 튀어나왔다.

선봉에 선 장수는 바로 유비군에게 깊은 원한을 가진 손관이었다.

손관이 분노한 얼굴로 돌격을 명하고, 뒤에서는 서성이 군사를 이끌고 시살해 들어오자 앞뒤로 공격을 받게 된 유비군은 진영이 갑자기 크게 어지러워졌다.

부상을 입은 관우와 장비는 이들을 대적하기 어렵다는 판단 아래 정예병만 이끌고 사력을 다해 유비를 보호하여 황급히 달아났다.

서성과 손관의 기습 공격에 유비군 병사는 태반이 목숨을 잃었다.

유비는 손관이 동북쪽에서 쳐들어오는 것을 보고 사수 상류인 서북 방향을 향해 무작정 도망쳤다.

야음을 틈타 가까스로 서주군의 추격에서 벗어났을 때, 유비 곁에 남은 사졸은 겨우 5, 6백 명에 불과했다. 많은 병사들이 죽고 부상을 입은 데다 양초와 무기마저도 거의 잃을 정도로 처참한 패배를 당하고 말았다.

날이 밝을 무렵 유비군이 호륙(湖陸) 일대에 이르러 지름길로 막 북해의 공융을 찾아가려고 하는데, 이번에는 갑자기 앞쪽에 기병대가 나타났다.

이들이 유비군의 앞길을 막자 유비는 혼비백산이 돼 이젠 죽었구나 라고 체념했다.

이때 일원 대장이 앞으로 달려 나와 외쳤다.

"그대는 혹시 유현덕이 아니오?"

유비가 고개를 들어보니 거기에는 적토마를 타고 손에 방천화극을 든 여포가 당당하게 서 있는 것이 아닌가.

"여포?"

유비가 누군지 알아보고 깜짝 놀란 표정을 지을 때, 곁에 있던 장비가 말을 몰아 곧장 앞으로 달려가 여포를 향해 장팔사모를 휘두르며 노호했다.

"배신자 여포 놈아, 내 창을 받아라!"

—캉!

여포는 방천화극으로 장비의 장팔사모를 막아내며 놀란 눈
으로 물었다.

"익덕, 지금 뭐하는 짓이오? 손건이 찾아와 도옹이 소패를
공격한다고 말하길래 내 직접 군대를 이끌고 그대 형제를 구
하러 왔는데 왜 나와 싸우려 드는 것이오?"

"우리 형제를 구하러 왔다고?"

이 말에 장비는 깜짝 놀라며 말고삐를 잡아당겼다. 이때 장
비 뒤에 있던 유비가 갑자기 괴성을 지르더니 가슴을 치고 발
을 동동 구르며 미친 듯이 욕을 내뱉었다.

"도옹, 이 간적 놈에게 속은 것이야! 이놈의 계략에 떨어진 거
라고! 이 후안무치한 도적놈을 내 절대 가만두지 않으리라—!"

第六章

여포가 온다

　"도응 놈이 내 이름을 사칭하여 협잡질을 했단 말이지. 내 명성을 더럽힌 이놈을 절대 용서치 않으리라!"

　여포는 구구절절한 유비의 설명을 듣고 순간 분노가 폭발하고 말았다.

　그는 방천화극을 비껴 잡고 대로해 소리쳤다.

　"전군은 들어라. 즉시 소패로 남하하여 도응 놈과 결판을 낼 것이다! 모두 출격 준비하라!"

　"예!"

　여포군 장사들은 큰소리로 대답하고 일제히 말에 올라 출발 준비를 서둘렀다. 단지 장료만이 냉정을 유지한 채 여포에게 다가가 권했다.

"주공, 잠시만 멈추십시오. 소패가 이미 저들 손에 떨어져 아군이 남하해도 발붙일 땅이 없을뿐더러 양초도 많이 부족합니다. 하니 잠시 노기를 가라앉히고 공대 선생이 거느린 보병 부대를 기다렸다가 다시 대책을 논의하는 게 좋겠습니다."

하지만 여포는 장료의 권유를 물리치고 적토마를 짓쳐 달리며 크게 소리쳤다.

"도응 놈이 내 명성을 훼손했는데 무슨 상의가 필요하단 말이냐! 전군은 즉시 출격해 소패가 아직 안정되지 않은 틈을 노려 공격을 퍼붓는다! 문원은 당장 진궁에게 전령을 보내 오늘밤 안으로 보병을 이끌고 소패에 이르라고 명하라! 현덕은 우리 대오의 길 안내를 맡아주시오."

그러더니 여포는 장료를 아랑곳하지 않고 3천 병주 철기를 거느린 채 그대로 남쪽으로 내달렸다.

장료는 하는 수 없이 여포의 뒤를 따르는 한편, 전령을 북쪽의 진궁에게 보내 여포의 명을 전했다.

유비 형제는 희색이 만면해 수백 패잔병을 이끌고 여포의 뒤를 따르며 다시 소패로 진격했다.

여포가 부리나케 20여 리를 달렸을 즈음, 후방의 진궁이 단기로 말을 달려 쫓아오며 멀리서 큰소리로 외쳤다.

"주공! 주공! 온후는 잠시 멈추십시오!"

고함 소리를 들은 여포가 적토마의 말고삐를 잡아당기고 뒤를 돌아 보니, 진궁이 보병을 버려둔 채 단기로 달려오고 있는 것이 아닌가.

진궁이 앞에 이르자 여포는 불쾌한 투로 물었다.

"공대, 보병은 어쩌고 그대 혼자 날 쫓아온 것인가?"

"보병은 잠시 학맹과 조성, 두 장수에게 맡겨두었기에 염려하지 않으셔도 됩니다. 제가 이리 급히 달려온 건 드릴 말씀이 있어서입니다. 아군은 열흘 치 식량밖에 가지지 않은 데다 유현덕이 이미 소패를 잃어 현재 양초를 취할 방법이 없습니다. 더구나 간악한 도응이 싸우지 않고 버틴다면 아군은 양초가 다해 필패를 면치 못할 것입니다. 그러니 속히 퇴병하여 후일을 도모하십시오."

여포는 여전히 기분이 언짢아 퉁명스럽게 대꾸했다.

"뭐가 두려워서 그러는가? 식량이야 고순에게 당장 보내라고 하면 되지 않는가? 도응 놈이 내 명성을 더럽혔으니 이 원한을 갚지 않으면 마음속 깊은 분을 삭일 수가 없다!"

"주공, 이는 그리 단순한 문제가 아닙니다. 도응이 주공의 이름을 사칭한 것은 응징해야 마땅합니다. 그러나 아군은 전에 원소에게 미움을 산 데다 조조와 대치하는 중인데, 만약 도응과도 척을 지게 된다면 사방이 적으로 둘러싸여 구원을 청할 곳이 없어집니다. 도웅이 소패를 차지한 김에 차라리 그와 결맹하고 후방의 압력을 해소하는 것이 상책입니다."

유비 형제는 진궁의 설명을 듣고 낯빛이 점점 어두워지기 시작했다.

그의 말이 일리가 있어 여포가 수용한다면 별달리 소패 공격의 구실을 찾을 수 없었기 때문이다. 그러나 다행히 여포는 진궁의 설득에 넘어가지 않았다.

그는 진궁을 뿌리치며 노호했다.

"그런 소리 집어치워라! 이런 협잡꾼을 내 손으로 처리하지 않는다면 절대 돌아가지 않을 작정이다! 내 뜻은 이미 정해졌으니 더는 아무 말 말고 속히 돌아가 보병을 통솔하라. 그리고 고순에게도 식량을 빨리 보내라고 일러라!"

말이 끝나자마자 여포는 곧장 적토마를 채찍질해 앞으로 달려 나갔다.

여포의 조급하고 고집스런 성격을 잘 아는 진궁은 하는 수 없이 말머리를 돌리고 탄식했다.

"아, 큰일이구나! 공연히 출격해서 손해만 보게 생긴 꼴 아닌가. 양군이 전투를 벌이면 조조에게 좋은 일만 시켜준다는 걸 도웅이 알아야 주공을 설득할 시간을 벌 수 있을 텐데……."

　　　　*　　　　　*　　　　　*

　여포군이 유비와 연합해 남하한다는 소식은 금방 소패성에 들어간 도응의 귀에 전해졌다.

　도응은 여포의 빠른 진군 속도에 경탄하며 신속히 명을 내렸다.

　"전군은 1시진 안에 속히 영채를 거두고 성 안으로 진입하라. 양초와 무기, 천막 등 꼭 필요한 물품 외에는 전부 버리도록 하라!"

　그러고는 재빨리 장패에게 물었다.

　"선고 형, 유현에 양식과 병기, 군대는 얼마나 있습니까?"

　"많지 않습니다. 대부분 말장이 가지고 와서 현재 보병 5백과 군량 2천 휘, 소량의 병기가 다입니다."

　"그렇군요. 아군이 소패 견성을 점령했으니 방어가 어려운 유현에는 굳이 군대를 주둔시킬 필요가 없습니다."

　도응은 고개를 끄덕이고 곁에 있는 서성에게 명을 내렸다.

　"문향은 즉시 1천 5백 보병을 거느리고 유현으로 남하하여 그곳의 군대와 양초, 군수를 모두 서주성으로 옮기도록 하라. 서주성에 돌아간 뒤에는 그곳에 남아 조표 장군과 함께 성을 지켜라."

　서성은 공수하며 대답한 후 슬쩍 의견을 제시했다.

"공자, 이 임무를 다른 장수에게 맡기면 어떻겠습니까? 소장은 이곳에 남아 여포를 맞아 싸우고 싶습니다."

도응은 단호히 손을 내젓고 서성을 꾸짖었다.

"뭐, 여포를 맞아 싸우겠다고? 지금 우리가 여포와 전면전을 벌이면 조조에게 좋은 일만 시켜주는 꼴이 된다. 더 이상 쓸데없는 소리 말고 얼른 유현으로 가라!"

전공을 세우고 싶어 몸을 근질근질했던 서성은 하는 수 없이 예를 갖춰 인사한 후 재빨리 물러나왔다.

이어 도응은 서주 제장들을 이끌고 바삐 소패성 성루에 올라 친히 대군의 입성을 재촉했다.

다행히 이미 소패성에 들어온 병사가 꽤 많았던 데다 야영을 하느라 추위에 떨던 군사들이 입성을 서두른 덕에 반 시진도 안 돼 전 병력이 모두 소패성 안으로 이동했다.

도응이 한시름을 덜고 있을 때쯤, 노숙이 다가와 도응에게 물었다.

"공자, 이제 어쩔 생각이십니까? 여포가 유비와 함께 남하하는 걸로 보아 사신을 사칭한 일을 분명 들었을 겁니다. 수성이야 어렵지 않겠지만 그의 성격상 작정하고 덤벼들 것이 빤하여 전면전으로 번질까 우려됩니다. 그리되면 결국 조조에게 좋은 일만 시켜주는 꼴이 됩니다."

"그 점은 저도 잘 알고 있습니다. 전면전은 반드시 막아야죠. 그래서 일단 군자군을 이끌고 가 여포를 설득해 볼 생각입니다. 만약 설득에 실패한다면 여포의 병주 철기와 일전을 겨뤄 쫓아내는 것이 상책입니다."

도웅은 삼면이 강으로 둘러싸인 소패성에서 적을 기다리다간 낭패를 볼까 우려해 군자군을 이끌고 개활지로 출정하기로 결정했다.

준비를 마친 도웅은 장패와 노숙, 손관에게 소패성을 지키라고 명한 후, 친히 진도와 허저 및 9백여 군자군을 이끌고 성을 나왔다.

군자군이 성을 나왔을 때는 이미 신시(申時)가 다 되어갔다.

척후병이 나는 듯이 달려와 여포군이 벌써 15리 지점까지 이르렀다고 알렸다.

이에 도웅은 아예 전투 대형을 갖추고 여포군을 맞이하러 북상했다. 이와 동시에 친병 대장 이명을 불러 중기병에게 모두 강궁으로 무장하라고 명한 후 신신당부하며 말했다.

"여포군과 대진할 때 미리 강궁을 메기고 있도록 하라. 그가 일단 돌진하면 내 명을 기다리지 말고 무조건 강궁을 난사해라. 절대 잊어선 안 된다. 알겠느냐?"

이명 등이 의아해하며 물었다.

"공자, 그건 왜입니까?"

"바로 그의 적토마 때문이다. 적토마는 속도가 너무 빨라 내 명을 듣고 화살을 발사할 때면 여포는 이미 너희들의 목을 노리고 있을 것이다. 그러니 그가 돌격해 오면 조금도 주저하지 말고 즉시 강궁을 날려라."

이명 등은 그제야 무슨 말인지 알고 깜짝 놀라며 그러겠다고 대답했다.

군자군이 7, 8리쯤 북상하자 앞쪽에서 기치를 휘날리는 3천여 기병을 볼 수 있었다.

군자군이 일사불란하게 전투 대형을 갖추자 맞은편의 여포군도 신속히 대열을 정비했다.

여포는 장료 및 유비 형제와 함께 앞으로 나가 방천화극으로 군자군 대기 아래의 도응을 가리키며 큰소리로 꾸짖었다.

"도응 놈은 당장 나와 내 말에 대답하라!"

생전 여포를 처음 본 도응은 그의 모습을 유심히 관찰했다.

대략 30대 중후반의 나이에 얼굴은 자못 준수하고 체격이 웅장해 풍기는 기백과 위엄이 범상치 않았다. 결코 변덕스럽고 속이 좁은 인상이 아니었다.

여포를 잠시 감상하던 도응은 허저와 진도를 이끌고 출진해 공수의 예를 갖춘 후 공손하게 말했다.

"장군은 여온후가 아니십니까? 국적을 제거한 의로운 이름을 오래전부터 앙모해 왔는데, 지금에야 온후의 존안을 뵙게 돼 영광스럽기 그지없습니다."

여포는 진심으로 자신을 경앙하는 듯한 도웅의 칭찬과 나긋나긋하고 점잖은 태도에 마음속 화가 어느 정도 누그러들었다.

또한 당장 달려가 도웅을 결단 내리던 생각도 사라져 방천화극으로 도웅을 가리키며 큰소리로 꾸짖을 뿐이었다.

"네놈은 어찌하여 내 이름을 사칭하고 내 명성을 더럽힌 것이냐?"

"온후, 그건 모두 오해입니다. 저는 온후의 이름을 사칭한 것이 아니라 온후의 위엄을 빌려 뭇 적들을 두려워 떨게 만든 것뿐입니다. 보시다시피 저는 닭 모가지 비틀 힘도 없는 문약한 서생인데다 충직하고 성실한 책상물림일 뿐입니다. 만약 온후의 위명을 빌려 호가호위(狐假虎威)하지 않았다면 어찌 적을 으를 수 있었겠습니까?"

"도웅 놈아, 네놈이 충직하고 성실하다면 세상에 간사하고 악독한 사람이 어디 있겠느냐!"

이미 여러 차례 도웅의 암수에 걸린 유비가 참지 못하고 나서서 욕을 퍼부었다. 그러더니 다시 여포에게 말했다.

"온후, 저놈은 온후의 이름을 사칭하고 맹약을 저버렸습니다. 오늘 저놈을 죽이지 않는다면 온후의 위명은 땅에 떨어질 것입니다."

도웅은 큰소리로 유비의 말을 끊고 여포에게 공수하며 말했다.

"맞습니다. 저는 분명 온후의 위명을 더럽혔습니다. 하지만 이는 부득이하여 한 일입니다. 하여 용서를 구하기 위해 약소한 선물을 준비했으니 꼭 가납해 주시길 청합니다."

그러고는 도응이 손을 휘젓자 군자군 둘이 상자 두 개를 받쳐 들고 앞으로 달려왔다.

상자를 열자 안에는 금은보화가 가득했다. 도응은 이 보화를 가리키며 말했다.

"이는 온후께 드리는 작은 성의입니다. 너무 약소하다 꾸짖지 마시고 반드시 거두어주십시오. 또 넓은 도량으로 온후의 이름을 더럽힌 죄 용서하시기 바랍니다."

도응이 예물을 바치며 성심껏 사과하자 여포의 격분했던 노기도 절반쯤은 사그라졌다. 곁에서 이를 지켜보던 유비는 일이 심상치 않게 돌아감을 느끼고 급히 채찍을 들어 도응을 꾸짖었다.

"이 비겁한 소인 놈아, 온후가 재물이나 탐하는 무리인 줄 알았더냐! 한 가지만 묻겠다. 애초에 내가 서주에서 온후와 결맹해 조조를 막자고 할 때, 왜 일언지하에 거절하며 온후를 변덕이 심한 시랑 같은 자라고 욕한 것이냐?"

이 말에 여포가 갑자기 얼굴에 노기를 띠며 방천화극으로 도응을 가리키고 물었다.

"정말 이런 일이 있었느냐?"

도응은 전혀 주저함 없이 대답했다.

"그렇습니다. 하지만 전 그때 온후의 영웅 같은 기개를 전혀 모르는 상태에서 누가 앞장서서 온후를 욕하길래 따라서 욕을 한 것뿐입니다."

그러더니 장비를 가리키며 웃음을 띠고 말했다.

"안 그렇습니까, 장 장군? 주인을 세 번이나 바꾼 도적놈이라고 장군이 가장 먼저 이야기하지 않았습니까?"

이 말에 여포는 순간 예전 호뢰관의 장면이 머리를 스쳐 지나갔다. 그때 장비가 천하 군웅들 앞에서 자신에게 이런 욕을 하지 않았던가.

그러자 장비가 고리눈을 부릅뜨고 장팔사모를 비껴들고서 도응을 향해 곧장 달려갔다.

"도응 놈아, 네 모함이 지나치구나. 당장 목숨을 내놓아라!"

장비의 말이 채 끝나기도 전에 중기병 뒤에 숨어 있던 군자군 경기병이 일제히 말을 몰아 달려 나오며 장비를 향해 화살을 퍼부었다.

이미 한 번 크게 낭패를 보았던 장비는 대경실색하며 급히 말고삐를 잡아당기고 그 자리에 멈춰 섰다. 군자군 경기병들도 장비가 사정권에 들어오지 않자 사격을 멈추고 제자리로 돌아갔다.

도웅이 이 틈을 타 크게 소리쳤다.

"온후, 방금 당황해 격분한 장비를 보셨습니까? 저는 다만 온후를 경앙할 뿐 아무런 악의도 없으니 잘 살피시길 바랍니다."

여포가 눈알을 굴리며 결정을 내리지 못하자 그의 안색을 살피던 유비는 입안이 바싹 타들어갔다. 아무래도 도웅에 대한 노기가 이미 그의 머릿속에서 사그라졌다는 생각에, 이익으로 여포를 꼬드겼다.

"지금 도겸의 병이 깊어 서주는 실제로 도웅이 관장하고 있습니다. 도웅의 병력이 많지 않아 온후의 군사력이면 적을 쉽게 물리칠 수 있으니, 만약 도웅의 목을 베거나 사로잡는다면 풍요로운 서주 5군을 취하기란 여반장이나 다름없습니다. 이런 절호의 기회를 놓치면 땅을 치고 후회하게 됩니다."

고민에 빠졌던 여포는 유비의 이 말에 눈이 번쩍 떠졌다. 그는 서주 5군이 자신의 손에 들어오는 즐거운 상상을 하며 창을 곧추세우고 적토마를 달리며 크게 소리쳤다.

"전군은 당장 출격해 도웅 놈의 목을 가져와라!"

"도웅 놈아, 당장 목을 내놓아라!"

유비의 종용에 탐심이 동한 데다 도웅 뒤에 군사가 얼마 안 되는 것을 본 여포는 적장을 잡을 절호의 기회를 놓치지 않으려고 곧장 적토마를 짓쳐 달려들었다. 적토마는 바람처럼 질주하여 눈 깜짝할 새에 수십 보를 돌진했다. 도응이 깜짝 놀라 말머리를 돌려 달아날 때, 여포는 이미 백 보 이내까지 추격해 들어온 상태였다.

바로 이때였다.

―슝! 슝! 슝!

도응이 미리 지시한 대로 여포가 돌진해 오는 것을 본 군자군 중기병은 반사적으로 강궁을 마구 날려댔다. 여포는 한꺼번에 쏟아지는 백여 개의 화살을 마치 춤추듯 방천화극으로 막아내며 그대로 돌진해 들어갔다.

하지만 여포가 화살을 막느라 잠시 주춤한 사이에 도응은 이미 군자군 진영으로 돌아가 큰소리로 외쳤다.

"여포를 향해 모두 화살을 날려라! 화살을 다 쏜 다음에는 전속력으로 달아나야 한다!"

2개 중기병 부대가 한 차례 화살을 날리고 도망치자 이어 3개 경기병 부대가 앞으로 나오며 여포와 적토마를 향해 비 오듯 화살을 발사했다. 그러더니 이들 역시 뒤도 안 돌아보고 그대로 달아나 버렸다.

이 전술은 적토마의 폭발적인 주력을 늦추는 데 큰 효과를 발휘했다. 여포가 가까스로 화살 세례를 피했을 때, 군자군은 이미 60보 이상 멀리 달아난 뒤였다. 군자군의 기이한 전술을 처음 본 여포는 발연대로하여 방천화극을 휘두르며 병주 철기에게 큰소리로 명했다.

"빨리 저놈들을 쫓아라! 절대 도응 놈을 놓쳐서는 안 된다! 돌격하라!"

3천 병주 철기는 일제히 고함을 지르며 전속력으로 군자군의 뒤를 추격했다. 하지만 군자군이 일정한 거리를 유리한 채 쏜살같이 달아나며 기회가 있을 때마다 몸을 돌려 화살을 쏘는 통에 양군 간의 거리는 쉽사리 좁혀지지 않았다.

유비는 군자군 추격에 가담하지 않았다. 관우와 장비는 본래 병주 철기를 따라가고 싶었지만 유비가 아우들을 만류하며 말했다.

"여포는 자만심이 강해 누가 자기 일에 끼어드는 것을 좋아하지 않는다. 게다가 두 아우는 부상까지 입어 몸을 보전하는 것이 우선이니 여기 남아서 여포의 개선 소식을 기다리는 것이 좋겠구나."

이 말에 관우와 장비는 하는 수 없이 말고삐를 잡아당겨 말을 멈추었다. 유비는 점점 멀어져 가는 병주 철기의 뒷모습을 가만히 응시하면서 속으로 미소를 지었다.

'그래, 얼른 쫓아가라. 양군 사이에 격렬한 전투가 벌어지면 금상첨화가 따로 없겠는데… 너희들이 양패구상을 해야 나에게도 재기의 기회가 돌아온단 말이다.'

추격전이 진행될수록 여포는 점점 더 당황한 반면 도응은 희색이 만면했다.

여포 휘하의 병주 철기가 아무리 속력을 내 달려도 군자군의 몽고말을 따라잡지 못하는 것이었다. 이에 도응은 다시 한 번 작전을 변경했다.

군자군에게 전력을 다해 달아나기만 하고, 화살은 되도록 놀라운 폭발력과 지구력을 보이는 여포와 적토마에게 집중적으로 가하라고 명했다.

이는 다시 말하면 병주 철기의 지구력을 최대한 약화시킨 후 적을 물리칠 방법을 다시 고려해 보겠다는 의도였다.

물론 여포 진영에서도 이를 간파한 이가 있었다. 장료는 이런 위험을 알아채고 황급히 여포를 쫓아가 큰소리로 외쳤다.

"주공, 아무래도 추격을 멈추는 것이 좋을 듯합니다. 이대로 가다간 먼 길을 달려온 우리 철기의 힘이 떨어져 적의 계략에 말려들게 될지도……."

여포는 단호하게 장료의 말을 끊으며 꾸짖었다.

"입 닥쳐라! 죽음이 두렵다면 당장 돌아가라. 도응 놈의 인마가 바로 내 눈앞에 있는데 무슨 망발이냐!"

그러고는 적토마를 짓쳐달려 순식간에 모든 병주 철기를 앞지르더니 최전방에서 군자군 경기병과의 거리를 좁혀 나갔다.

그러나 이때 시종 여포의 움직임을 주시하던 군자군 경기병이 고개를 돌려 여포를 향해 비 오듯 화살을 발사하기 시작했다.

여포가 잠시 주춤하며 화살을 막아내는 사이에 군자군 경기병은 또다시 멀찌감치 달아나 버렸다. 이를 본 여포가 대로하여 재차 돌격해 들어갔지만 똑같은 상황이 수차 반복될 뿐이었다.

화가 머리끝까지 치민 여포는 가슴이 터져 버릴 것 같은 분노에 방천화극을 마구 휘두르며 노호했다.

"빨리, 빨리 쫓아가라! 바다 끝까지라도 추격해 도웅 놈의 목을 베어와라!"

여포의 명에 병주 철기는 잇달아 말에 채찍질을 가하며 전속력으로 군자군의 뒤를 추격했다.

기마술이 뛰어난 이들은 돌격하는 가운데 화살을 날리기도 했다.

하지만 요동치는 말 위에서 쏘는 화살은 적중률이 매우 낮았다. 게다가 몇몇 기병은 중심을 잡지 못하고 말에서 떨어져 부상을 입었다.

쫓고 쫓기는 추격전 와중에 서쪽의 너른 개활지로 들어서자 군자군은 도웅의 명에 따라 이내 반호를 그리며 사방으로 흩어지기 시작했다.

범위가 너무 넓은 탓에 병주 철기는 군대를 나눠 적을 추격하기 어렵다는 판단 아래, 속도가 상대적으로 느린 중기병 부대를 쫓아 점점 서쪽으로 향해 들어갔다. 여포군 철기는 중기병 후방까지 거리를 30보 이내로 좁히며 군자군 10여 명을 쏘아 말에서 떨어뜨렸다.

그런데 이들이 군자군을 거의 따라잡았다고 생각할 무렵, 양쪽에서 경기병 두 개 부대가 달려 나오며 일제히 엄호 사격을 가하기 시작했다. 이 덕분에 군자군 후방은 다시 적을 따돌리고 멀찌감치 달아났다.

이런 괴이한 전술을 처음 본 여포는 화가 나 울화통이 터져 군자군을 도저히 따라잡지 못하는 자기 병사들에게 괜한 화풀이를 해댔다.

여포는 벽력같은 고함을 지르며 전군에 필사적으로 적을 추격하라고 재촉했다. 그런데 체력이 고갈된 자기 군대의 상황을 돌아보지 않은 탓에 낙오하는 군사가 하나둘씩 나타나고, 슬슬 전방과 후방의 틈이 벌어지는 조짐이 보이기 시작했다.

이에 장료가 몇 번이나 추격을 멈추라고 충고했지만 여포는 단지 큰소리로 꾸짖고 후방으로 가 뒤처진 군사나 수습하라고 명했다.

여포도 힘이 들었지만 군자군도 힘들기는 마찬가지였다. 군자군으로서는 이토록 수동적인 전투는 처음이었다. 전에 격돌했던 조조의 호표기보다 더욱 강한 적이 틀림없었다.

기마술이 뛰어난 병주 철기가 돌격 중에도 화살을 날리는 데다 중간에 여포라는 사신(死神)의 존재로 인해 군자군은 달아나면서 화살을 쏘는 장기를 발휘하기가 어려웠다.

거머리처럼 따라붙는 적을 맞아 전력을 다해 도망치며 40여 리를 달려왔을 때, 군자군의 화살에 살상된 적은 채 백 명이 넘지 않았다.

하지만 군자군은 지구력만큼은 누구에게도 뒤지지 않는 몽고마가 있기에 자신감으로 충만했다.

게다가 아무리 험한 길을 달려도 균형을 유지해 주는 등자와 몸의 미끄러짐을 방지해 주는 안장, 그리고 말굽의 마찰을 줄여주는 편자라는 세 가지 무기로 인해 이번 추격전이 얼마나 길어지든 군자군 병사와 도응은 결국 승리할 것이라는 믿음을 가지고 있었다.

날이 점점 어두워질 무렵, 군자군은 어느새 전화로 폐허가 된 풍현(豊縣)을 넘어 예전 진승(陳勝)과 오광(吳廣)이 기의한 대택호(大澤湖) 북쪽까지 이르렀다.

그런데 이때 허저가 갑자기 전방에서 달려오며 시뻘게진 얼굴로 도응에게 소리쳤다.

"공자, 더는 도망가지 못하겠습니다. 우리도 이제 참을 만큼 참았다고요. 말장은 오늘 여포 놈과 꼭 결판을 내고 말겠습니다. 공자가 허락하지 않으셔도 전 반드시 갈 겁니다!"

그러더니 허저는 도응의 대답도 기다리지 않고 말머리를 돌려 달려 나갔다.

그는 칼을 휘두르며 분노의 괴성을 질러댔다.

"여포 필부 놈아, 내 칼을 받아라!"

"숙지, 여포는 중강 혼자 당해내기 어려우니 그대도 함께 가시오!"

도응은 허저가 잘못될까 걱정돼 급히 진도에게 명을 내렸다.

진도도 진즉부터 몸이 근질근질하던 차에 두말 않고 말머리를 돌려 허저를 쫓아갔다. 도응은 전군에 퇴각을 멈추라고 명한 후 신속히 대열을 정비하는 동시에 횃불을 들고 허저와 진도를 접응하도록 했다.

군자군이 횃불을 밝히고 달려갔을 때, 허저와 진도는 이미 여포와 일전을 벌이고 있었다.

창과 칼이 동시에 여포를 찔러가자 여포는 방천화극을 휘둘러 두 장수의 공격을 막아냈다. 여포가 아무리 무력이 뛰어나다고 하나 이에 필적하는 허저와 진도의 협공에 팽팽한 접전이 이어졌다.

그런데 이때 도응은 의외의 사실 한 가지를 발견했다. 군자군이 여포의 기병에게 80~90리를 쫓기는 동안, 여포군 진영에서 자신이 생각한 것보다 훨씬 더 많은 낙오자가 발생했다는 것이다.

이때 여포 뒤에는 고작 3, 4백 기병만이 남아 있었고, 이들마저도 대부분 지쳐 숨을 헐떡이고 전마도 입에 거품을 물고 있었다.

이로써 군자군과 병주 철기의 전세는 순식간에 역전이 되고 말았다.

이를 본 도응은 정면대결에서도 충분히 승산이 있다는 판단 아래 다시 명을 내렸다.

"도기, 연빈, 우상은 중강과 숙지를 도와 여포를 협공하라. 그리고 이명과 진덕은 중기병을 이끌고 좌우로 돌아가 여포의 기병을 해치워라. 경기병은 이곳에 남아 아군을 엄호한다!"

도기 등 세 장수가 말을 몰아 출진하자 가련한 여포는 무려 다섯 장수를 상대해야 하는 위기에 처했다. 한편 이명은 왼쪽에서, 진덕은 오른쪽에서 중기병을 이끌고 이미 체력이 고갈된 여포 기병을 향해 정면으로 돌진했다.

오전 내내 급히 행군한 여포군 기병은 다시 군자군을 백 리 가까이 추격하면서 기진맥진해 있었다.

이때 군자군이 양쪽에서 시살해 들어오자 버틸 재간이 없었던 이들은 재빨리 사방으로 흩어져 달아났다.

다섯 장수의 공격에 전의를 상실한 여포도 갑자기 도기를 위협해 도기가 몸을 피하는 틈을 타 적토마를 몰아 달아나기 시작했다.

허저와 진도 등이 싸움에 정신이 팔려 여포를 바짝 쫓아가자 도응은 혹시나 이들에게 실수가 있을까 염려해 횃불을 들고 급히 뒤를 따랐다.

"여포야, 어디로 달아나려 하느냐!"

선두에서 여포를 바짝 뒤쫓던 허저가 칼을 휘두르며 큰소리로 연신 고함을 질러댔다.

여포는 그가 두렵지 않았지만 이미 전의를 잃은 데다 허저 뒤에서 네 장수까지 기를 쓰고 쫓아오자 남쪽을 향해 미친 듯이 내달리기만 했다.

일단 적토마로 추격병을 따돌리고 아군과 회합할 마음만 간절할 뿐이었다.

그런데 채 1리도 가지 못했을 때, 산을 오르고 물을 건너길 평지 밟듯 하던 적토마가 갑자기 물보라를 일으키며 네 발굽이 모두 진흙 속에 빠져 버리고 말았다. 알고 보니 캄캄한 밤중에 시야가 어두워진 여포가 총망한 가운데 그만 대택호로 길을 잘못 들어섰던 것이다.

겨울이라 대택호에는 수면이 하강하며 호수물과 눈이 섞인 너른 진흙 지대가 드러나 있었다.

적토마가 아무리 명마라 해도 이런 땅에서는 속도가 크게 줄고 말굽이 진흙에 푹푹 빠지기만 할 뿐이었다.

여포는 상황이 여의치 않자 급히 말고삐를 잡아당기고 적토마의 앞발굽을 동북 방향으로 돌려 못에서 빠져나가고자 했다.

그러나 불행히도 동북쪽의 진흙이 더욱 두터웠을 뿐 아니라 깊은 웅덩이까지 있어 적토마는 몇 걸음도 떼지 못하고 네 말굽이 모두 진흙에 푹 빠져 버렸다.

"아, 하늘이 나를 망하게 하는구나!"

여포는 외마디 비명을 지르며 하늘을 향해 울부짖었다.

"여포가 진흙 속에 빠졌다! 여포가 진흙 속에 빠졌어!"

횃불을 비쳐보고 여포가 진흙에 빠진 것을 확인한 군자군 장병들은 일제히 환호성을 질렀다. 뒤에 있던 도응은 이 외침에 처음에는 자신의 귀를 의심했다.

이에 곧장 앞으로 달려가 보니 과연 여포가 진흙 속에서 발버둥을 치는 모습이 눈에 들어왔다. 도응은 그제야 광소를 터뜨리며 좌우에 명을 내렸다.

"빨리 가서 여포를 산 채로 잡아와라. 반드시 산 채로 잡아와야 한다!"

도응의 명을 기다릴 것도 없이 허저와 진도 등 장수들은 기쁜 표정으로 말에서 내려 여포를 잡으러 달려갔다. 그리고 밧줄을 든 병사들이 조심스럽게 장수들의 뒤를 따랐다.

여포가 절망의 절규를 내지르며 방천화극을 어지럽게 휘둘러보지만 움직일수록 적토마의 발굽은 점점 더 진흙 속으로 빨려 들어갈 뿐이었다.

여포가 자포자기한 심정으로 하늘을 우러르며 탄식할 때, 갑자기 뒤에서 일지 군마가 천지를 진동할 듯한 함성을 내지르며 이곳을 향해 달려오고 있었다.

이미 어두컴컴해진 밤중이라 어떤 군대인지 전혀 분간이 가지 않았다.

지축을 뒤흔들며 달려오는 군대는 바로 장료가 이끄는 병주 철기였다.

적의 기습에 깜짝 놀란 도응은 군자군에게 즉시 진용을 갖추라고 명했다. 하지만 여포를 사로잡은 기쁨에 마음이 해이해지고 크게 어수선했던 군자군은 허둥대며 말에 오르기 바빴다.

이때 이미 장료의 군대는 군자군 앞 오십 보 거리까지 짓쳐달려와 군자군을 향해 일제히 활을 겨누었다.

막 여포를 생포하러 가던 허저와 진도 등은 그 자리에 멈춰서서 눈만 멀뚱멀뚱 뜬 채 이 광경을 바라보았다. 진흙에서 빠져나오려 안간힘을 쓰던 여포도 자신의 본분을 잊은 듯 그 자리에서 그대로 얼어버렸다.

장료가 8백여 병주 철기를 이끌고 이곳에 나타난 과정은 대강 이러했다.

군자군을 추격하던 중 장료는 여포의 호통에 후방으로 물러나 병사들을 지휘하고 있었는데, 갑자기 기병들의 기동력이 현저히 떨어지면서 낙오하는 무리가 급격히 늘어나고 말았다.

이에 장료는 추격을 멈추고 병사들을 다독이며 휴식을 취하라고 명했다.

그런데 그 수가 점점 불어나더니 2천이 넘는 기병이 본대에서 이탈하는 것이 아닌가.

그제야 장료는 아차 싶은 생각이 들었다. 여포가 기껏해야 5백 철기를 거느리고 군자군 천 명을 상대하러 갔다는 생각에 장료는 즉각 동원 가능한 인원을 서둘러 꾸리기 시작했다.

하지만 문제는 전마였다. 입에 거품을 물고 다리가 풀려 주저앉은 말들이 많아 장료는 어쩔 수 없이 물과 꼴을 준비하라 명하고 말에게 휴식 시간을 주었다.

얼마간의 시간이 흘러 기갈을 해결한 말들이 몸을 털며 서서히 일어나기 시작했다. 장료는 더는 시간을 지체할 수 없어 남아 있는 병사들에게 뒤따라오는 보병과 합류하라고 명한 후, 기마가 가능한 전마 8백 필에 올라 곧장 여포의 뒤를 쫓았다.

장료가 병주 철기를 거느리고 말 발자국을 따라 대택호에 당도했을 때, 마침 여포는 적토마와 함께 진흙에 빠져 허우적대고 있었다.

장료는 당장 출격하고 싶은 마음이 간절했다. 하지만 수적으로 열세한 데다 혹여 여포에게 변고가 생길까 염려해 기병을 이끌고 숨죽여 군자군 가까이 다가갔다.

병사들에게 궁노를 장전하라고 명한 그는 군자군이 여포를 잡고 승리에 도취돼 있는 틈을 노려 기습적으로 달려 나가 기선을 제압한 것이다.

잠시간 적막이 흐르더니 선두에 선 장료가 도응에게 공수하며 말했다.

"도응 공자, 소장의 이름은 장료요, 자는 문원이라 합니다. 우리 주공께서 이곳에 계신다고 하기에 소장이 모시러 왔습니다."

'뭐? 장료라고?'

20대 중반의 나이에 골격이 단단하고, 진중한 표정에서는 사람을 압도하는 위압감이 뿜어져 나왔다.

가히 '오대장(五大將)'이라는 명성에 걸맞은 풍모였다.

장료의 모습에 잠시 경탄하던 도응이 재빨리 답례하고 말했다.

"장 장군의 명성은 오래전부터 들어왔는데 이렇게 뵙게 되어 영광입니다. 마침 온후께서 진흙에 빠져서 저희가 구해 드리려던 참이었습니다."

여포는 장료라는 말에 마치 신군을 만난 듯 크게 소리쳤다.

"문원, 얼른 나 좀 구해주게! 진흙에 빠져서 몸을 움직일 수가 없어!"

"주공, 잠시만 기다리십시오. 제가 곧 구해 드리겠습니다!"

도응은 즉각 허저에게 여포를 진흙에서 꺼내주라고 명했다.

이에 허저가 질척거리는 진흙 안으로 들어가고 있는데 갑자기 장료가 벽력같은 소리로 외쳤다.

"그대는 온후께 손을 대지 마라! 온후는 우리가 구할 것이다!"

장료는 문득 저들이 여포를 인질로 잡지 않을까 우려해 고함을 지른 것이다. 이에 도응이 허저에게 멈추라는 신호를 보낸 후 장료에게 웃으며 말했다.

"저희에게 다른 저의는 없습니다. 그래도 못 미더우시다면 장 장군이 직접 온후를 구하십시오."

"도 공자, 그대와 군사들의 목숨이 우리 손에 달렸음을 잘 알 것이오. 온후를 건드리지 않는다면 내 그대들을 순순히 보내주리다."

"저희는 한 치도 온후를 해할 마음이 없었습니다. 진흙에 빠진 온후를 구하려 한 것뿐이니 오해하지 마십시오. 그럼 저희는 이만 군대를 거둬 철수하겠습니다."

"알겠소. 하지만 허튼수작을 부리지는 마시오. 그대를 겨누고 있는 천 개의 화살에는 눈이 달렸소이다."

"그럼 다음에는 좋은 인연으로 만나길 바랍니다."

도응은 장료에게 공수한 후 군자군에게 속히 이곳을 뜨라고 명했다.

군자군 장병들은 서둘러 말에 올라 도응을 필두로 동쪽 소패성을 향해 말을 짓쳐 달려갔다.

第七章

서주의 새로운 주인

　허저와 진도 등은 다 잡은 여포를 놓친 데 대해 매우 안타
까워했지만 도응은 차라리 잘된 일이라고 위안을 삼았다.

　여포를 사로잡은들 어디에 써먹는단 말인가.

　절대 남의 밑에 있을 자가 아닌 그를 수하로 부릴 수도 없
는 노릇이고, 그렇다고 포로로 잡아두거나 죽인다면 여포의
부하들과 생사를 건 대결을 벌여야 할 뿐 아니라 서주를 지키
는 방패막이 사라져 조조에게 그대로 위험에 노출되고 말 터
였다.

　당초에 도응을 풀어준 걸 크게 후회하고 있는 조조가 이런

절호의 기회를 절대 놓칠 리가 없다.

게다가 도응에게 한을 품은 유비까지 조조에게 합류한다면 군사력이 약한 서주로서는 이들의 공격을 감당하기 어려워진다.

아무튼 도응은 이번 전투에서 여포를 놓치긴 했지만 소기의 성과를 달성했다는 생각에 만족한 웃음을 짓고 소패성으로 돌아왔다.

이튿날 도응은 여포가 군대를 물려 산양으로 돌아갔다는 보고를 받았다. 이에 손관에게 3천 군사를 내어주며 소패를 지키라고 명한 후, 주력 부대를 이끌고 서주성으로 개선했다.

도응이 서주성에 도착하자 성 안의 군인과 백성들이 모두 나와 개선군을 열렬히 환영했다.

연도에 늘어선 사람들은 일제히 도응을 연호하고 서주군을 반갑게 맞이했다.

전란에 고통받는 백성들은 자신들을 위해 적을 물리친 도응에게 큰 지지를 보냈고, 도응도 이에 감격해 백성들의 손을 맞잡으며 이들을 꼭 지켜내리라 다짐했다.

한편 도응이 출정을 떠난 기간 동안 도겸의 병세는 크게 악화되었다.

도웅이 부친을 뵈러 자사부 대당으로 들어서자, 말조차 하기 어려울 정도로 쇠약해진 도겸은 아들의 손을 꼭 쥔 채 그저 대청의 대들보를 가리켰다. 그러자 진등이 도겸을 대신해 설명했다.

　"공자, 주공께서 말씀을 하실 수 있을 때 이공자가 돌아오면 저 대들보 위의 전위(傳位) 문서를 사람들 앞에서 공개하라고 명하셨습니다. 이제 공자가 개선했으니 주공의 후계자를 확인하고 정식으로 자사 자리를 잇는 게 마땅합니다."

　"부친께서 아직 건재하신데 어찌 그런 말을 꺼내시오?"

　그러더니 도웅은 도겸 곁에서 시중을 들고 있는 도상에게 물었다.

　"형님의 뜻은 어떤지 모르겠습니다."

　"아우, 이는 부친의 영이라 꼭 따라야만 하네. 부친께서 살아계실 때 전위 문서를 공개한다면 부친께서도 크게 기뻐하실 것이네."

　도상까지 이렇게 말하자 도웅으로서도 달리 거절할 방법이 없었다.

　이에 당장 서주 문무 관원들을 소집하고 조굉에게 먼지가 가득 쌓인 대들보 위의 철 상자를 가지고 오게 했다. 관원들에게 봉인이 원형 그대로임을 확인시킨 후 서주의 탁고 중신인 조표, 진등, 장패가 열쇠로 철 상자를 열었다.

이어 진등이 도겸의 친필 문서를 꺼내 관원들 앞에서 후계자는 바로 '도응'이라고 낭독했다.

그러자 도응은 갑자기 도겸 앞에 무릎을 꿇더니 머리를 조아리고 눈물을 흘리며 말했다.

"부친, 명을 거두어주십시오! 형님이 있는데 차자인 소자가 자사직을 이어받는 건 천부당만부당합니다! 폐장입유(廢長立幼)의 재앙이 미칠까 두렵습니다. 다시 형님을 세우신다면 소자는 전심전력을 다해 보필하고 절대 두마음을 먹지 않겠습니다!"

자기 그릇을 잘 아는 도상은 도응의 양보를 단호히 거절했다. 그러고는 도겸의 서주자사 패인을 받쳐 들고 도응 앞으로 가 무릎을 꿇었다. 그는 눈물을 뿌리며 도응에게 패인을 거둬 달라고 간절히 부탁했다.

도응과 도상이 서로 간곡하게 자사 자리를 양보하는 것을 지켜보던 서주 관원들은 감개가 무량해지며 잇달아 도응에게 부친의 명을 거역하지 말고 패인을 받으라고 권했다. 관원들을 대표해 진등이 앞으로 나와 무릎을 꿇고 청했다.

"이공자가 서주를 잇지 않으면 우리들이 어찌 편히 살 수 있겠습니까! 서주 생령들을 불쌍히 여겨 사양하지 말아 주십시오."

도응이 여전히 아무런 반응도 없자 도상은 다시 한 번 패인을 건네며 울먹이는 목소리로 말했다.

"아우, 한 번 더 폐장입유를 이유로 패인을 거부한다면 내
이 자리에서 목을 찔러 자결하겠네!"

그러더니 도상은 검을 꺼내 자기 목을 찌르려고 했다. 다행
히 곁에 있던 관원들이 이를 보고 황급히 도상의 검을 빼앗았
다. 그제야 도응은 어쩔 수 없다는 듯 자리에서 일어났다.

도응은 서주 생령과 천하 창생(蒼生)을 위해, 그리고 형의
목숨을 살리기 위해 눈물을 뿌리며 서주자사의 패인을 받았
다.

이로써 도응은 정식으로 진정한 서주 5군의 주인 자리에
올랐다.

도응이 패인을 받쳐 들자 대당에 모인 서주 관원들은 장내
가 떠나갈 듯 환호성을 질렀다. 이들은 마치 자신이 서주자사
의 자리를 이은 양 기쁨에 겨워했다.

정식으로 서주자사에 오른 도응은 도겸에게 다가가 큰절을
올렸다.

도겸은 아무 말도 할 수 없었지만 얼굴에는 안도와 기쁨의
빛이 드러났다. 그리고 도응이 예를 마치고 일어났을 때 입가
에 미소를 띤 채 두 눈을 스르르 감으며 세상을 떠났다.

도응이 개선해 돌아올 때까지 꼭 살아 있겠다는 약속을 지
킨 도겸은 그제야 안도하며 마지막 숨을 거두었다. 도상과 도

웅, 도기 형제는 부친의 죽음에 크게 통곡하다가 그대로 혼절해 버렸다.

짧은 하루 동안에 도응의 계위와 도겸의 병사라는 대사건이 동시에 일어나자 서주성은 큰 충격을 받았다. 도응이 까무러칠 정도로 비통에 잠기면서, 진규 부자와 노숙이 대신해 서주 정무를 처리하고 도겸의 제사를 관장했다.

이밖에 명목상으로 한의 신하인 이들은 도겸의 유표(遺表)를 만들어 도응이 서주자사 및 서주목, 안동장군, 율양후의 직위를 계승한다는 장계를 써서 장안으로 보냈다. 물론 이는 형식적인 절차로 헌제를 겁박하고 있는 이각과 곽사의 수락 여부와는 아무런 관계도 없었다.

도겸을 황하 평원에 안장한 후 도응은 진정으로 권력을 손에 쥐고 대대적인 인사를 단행했다.

현 전농교위 진등은 내정을 안정시킨 공으로 미축의 귀향으로 공석이 된 서주별가에 올라 정무를 관장했다.

노숙은 찬군교위(贊軍校尉) 겸 군사에 임명되었고, 조표와 장패는 각각 하비태수에 낭야태수에 봉해졌다. 사실 이는 이름뿐인 관직으로 이들은 본부 병마를 거느리고 팽성에 주둔했다.

또한 허저는 장전교위에 임명되었고, 원 장전교위인 조굉은 내위(內衛)중랑장으로 승진하여 정보 관련 업무를 총괄했다. 진도와 서성은 점군사마에 임명해 모두 도응의 직속에 두었다. 기타 관원들도 공로에 따라 관직을 주고 큰 상을 내렸다.

한편 도응은 자신에게 자사직을 양보한 형 도상을 팽성상(相)에 임명한다고 헌제에게 표를 올렸다. 원래는 세력을 확장할 목적으로 예주목에 임명하려 했지만 원소와 원술이 이미 예주자사를 임명한 상황에서 이들과 무의미한 충돌을 피하기 위해 결국 그만두기로 했다.

도겸의 가업을 계승한 도응은 서주 5군의 안정을 도모하고 다른 제후들과의 마찰을 피하기 위해 가능한 한 대대적인 사업이나 전쟁을 벌이지 않았다.

물론 이는 내부를 공고히 할 시간을 벌기 위한 것이기도 했다.

하지만 유감스럽게도 주위의 제후들은 도응이 새로 자리를 이어받아 대내외적으로 불안한 틈을 이용해 서주에서 이익을 취하려고 들었다.

먼저 서주의 유일한 우군인 공손찬은 도겸의 병고와 도응의 계위 소식을 듣고 맹우의 죽음을 안타까워하며 사신을 보내 도겸의 묘에 제사 지내고 도응과 우호를 맺으려고 했다.

그런데 이때 이미 북해태수 공융에게 투신한 유비가 공손찬에게 편지를 보냈다. 그는 편지에서 이 기회를 이용해 도응에게 식량과 군사를 빌려 원소와의 싸움에 보탬이 되게 하라고 꼬드겼다.

이 말에 공손찬은 마음이 움직였다.

원소와의 싸움에서 연전연패하고 백마의종까지 국의(麴義)에게 전멸당한 상황에서 전력 보강이 절실했던 공손찬은 생각을 바꾸었다.

그는 우호를 빌미로 도응에게 군사 1만과 식량 10만 휘를 빌리기로 결정했다.

여포 진영에서도 이 소식을 듣고 크게 기뻐했다. 진궁은 즉각 여포에게 서주로 조문단을 보내는 한편 여포의 딸을 도응에게 시집보내라고 권유했다.

양 집안이 인척 관계를 맺으면 결속력이 강화돼 식량을 빌리기 쉬울뿐더러 조조와의 싸움에서 든든한 지원군을 얻을 수 있다고 설득했다.

이에 여포도 귀가 번쩍해 즉각 허사에게 조문단을 이끌고 남하하라고 명했다.

한편 원소는 도응이 서주를 계승했다는 소식을 듣고 크게 역정이 났다.

자부심이 강한 원소는 어디서 튀어나왔는지도 모를 도응이란 놈이 자신과 같은 제후 반열에 올랐다는 사실을 인정할 수 없었다.

하지만 애석하게도 원소는 지금 공손찬과 대결을 벌이고 있는 데다 서주까지 거리가 너무 멀어 도응을 손볼 여가가 없었다.

이에 모사인 심배(審配)의 건의를 받아들여 안량(顔良)에게 1만 군사를 이끌고 남하해 조조를 돕도록 했다. 먼저 시랑 같은 여포를 제거한 후 분수를 모르고 날뛰는 황구소아 놈을 손봐줄 심산이었다.

조조는 도겸이 죽고 도응이 자리를 계승했다는 소식을 듣자마자 주먹으로 책상을 내려쳤다. 그는 얼굴이 철색으로 변해 노호했다.

"내 부친을 해한 도겸 놈이 어찌 이리도 편히 갔단 말이냐! 또 도응 놈은 감히 형을 제치고 서주를 차지했다고? 내 이놈을 죽이지 못하고, 도겸 놈을 부관참시하지 않는다면 가슴 깊은 한을 씻기 어렵겠구나!"

하지만 조조로서는 분노의 욕지거리 몇 마디 내뱉는 것 외에 할 수 있는 것은 아무것도 없었다. 도응을 치러 남하하려면 먼저 여포라는 관문을 통과해야 했으니 말이다. 답답해진 조조는 엉뚱한 데 화풀이를 했다.

"원소가 빌려준다는 양식과 병마는 대체 언제 견성에 당도한단 말이냐?"

"길이 멀어서 이번 달 안에 도착하긴 어려울 듯합니다."

순욱이 별 도리가 없다는 듯 대답하고는 이어 조조에게 공수하며 말했다.

"명공, 아군이 비록 원군을 얻었다고 하나 여포와 도응의 동맹에 신경을 써야 합니다. 도응은 아군을 견제하려 여포에게 식량을 빌려주고, 여포도 서주 공격을 포기할 조짐을 보이고 있습니다."

이 말에 조조가 냉소를 지으며 말했다.

"여포와 도응이 동맹을 맺어 나에게 대항한다고? 여포란 놈은 누구와 결맹하든 가장 먼저 어떻게 하면 맹우를 집어삼킬까 궁리하는 위인인데, 도응이 과연 그럴 용기가 있겠소?"

"그래도 조심하는 것이 상책입니다. 간사하기 이를 데 없는 도응이 순망치한의 이치를 모르겠습니까? 북쪽 장벽인 여포와 설사 동맹을 맺진 않더라도 몰래 여포를 지원해 그의 손을 빌려 우리를 견제할 것은 자명한 사실입니다."

조조는 연신 고개를 끄덕여 순욱의 말에 수긍한 후 침중한 어조로 물었다.

"문약, 사정이 그렇다면 좋은 방법이 없겠소?"

순욱은 잠시 미소를 짓더니 조조에게 물었다.

"명공, 혹시 원술이 데릴사위를 들였다는 소문을 들으셨는지요?"

순욱이 뚱딴지같이 별 대수롭지도 않은 얘기를 꺼내자 조조는 고개를 갸웃거렸다.

"세작을 통해 원술이 문벌 좋은 사위를 맞았다는 얘기는 들었소. 전에 태위로 있던 주경의 종손이라고 하던데… 이름이 뭐라더라… 맞다, 주유."

"맞습니다. 바로 주유입니다. 하지만 명공께서 모르는 사실이 하나 있습니다. 이 주유라는 젊은이와 손견의 아들 손책은 생사지교를 맺은 사이입니다. 지난번 손책이 원술의 통제에서 벗어나려고 했다가 불행히도 도응을 만나는 바람에 해를 당하고 말았습니다."

"그 일이야 다 아는 것 아니오? 장래가 촉망한 소년 명장이 도응 놈의 간계에 떨어져 그런 불운한 일을 당하다니! 에잇! 그런데 갑자기 이 얘기를 꺼내는 연고가 무엇이오?"

순욱은 여전히 미소를 띠며 말했다.

"너무 서둘지 마시고 신의 얘기를 끝까지 들어보십시오. 손책이 죽은 후 주유는 반란을 평정하러 온 원술의 장수 진분에게 사로잡혀 투옥되었습니다. 그런데 주유가 갑자기 태도를 바꿔 원술 앞에서 손책을 배신하고 손책이 모반을 일으킨 증거를 폭로해 원술의 신임을 얻었습니다. 또한 자신의 재능을 유감없이 펼쳐 지난달 마침내 원술의 사위가 되는 데 성공했습니다."

가만히 듣고 있던 조조가 책상을 치며 대로해 소리쳤다.

"친구를 팔아 영화를 구한 소인 놈이로다! 비열하기가 도응과 쌍벽을 이루지 않소?"

"제 얘기를 조금만 더 들어보시면 그렇지 않다는 사실을 아시게 될 겁니다. 주유가 원술의 사위가 된 후 가장 먼저 한 일이 무엇인지 아십니까?"

"그게 무엇이오?"

"바로 정보와 황개를 옥에서 빼낸 일입니다. 손견의 옛 부장인 정보와 황개는 손씨 부자에 대한 충심이 깊은 자들입니다. 손책의 모반에 가담했다가 원술의 노여움을 사 수춘 감옥에 갇혔습죠. 정보와 황개도 원래는 주유의 이런 배은망덕한 행동에 분개해 뼛속 깊이 원한을 가졌습니다. 이를 빤히 아는 주유가 원술의 사위가 된 후 가장 먼저 이들의 석방을 권했다는 건……."

순욱의 말이 채 끝나기도 전에 조조는 문득 깨닫는 바가 있어 다시 책상을 치며 소리쳤다.

"아, 주유는 손책을 배신한 것이 아니었구려! 주유는 오자서(伍子胥)를 흉내 내 원술의 손을 빌려 친구인 손책의 원수를 갚으려고 하는 것이야!"

"신도 그리 생각하고 있습니다. 명공, 원술은 군사가 많고 양식이 풍족한 데다 스스로 서주백에 올라 일찍부터 서주를 병탄할 마음을 먹었습니다. 지난번 광릉 출병도 여범이 종용했다고 하나 실상은 원술이 항상 가지고 있던 의지가 발현된 것입니다. 다만 손책이 모반을 일으키고 도응이 전국옥새를 바치며 화친을 구했기 때문에 마지못해 군대를 거둔 것뿐입니다. 도겸이 죽고 도응이 새로 자리를 물려받아 서주 정국이 불안한 지금이야말로 원술이 서주를 병탄할 절호의 기회입니다. 게다가 원술에게는 남다른 사위가 있어서……."

조조는 참지 못하고 다그쳐 물었다.

"어떻게 하면 원술이 서주를 공격하도록 유도할 수 있겠소?"

"아주 간단합니다. 주공께서 수춘에 몰래 사람을 보내 원술에게 이렇게 말하십시오. 도응이 지금 옥새를 천자께 봉환하지 않은 일로 몹시 분개해 이미 장안에 표를 올리고 원술을 공격하려 한다고 말입니다. 원술은 이 얘기를 들으면 필시 대로해 서주를 공격할 마음이 다시 생길 것입니다. 여기에 주유까지 부추기고 나선다면 두 집안이 반목하는 건 시간문제입니다."

순욱의 계략에 조조는 가슴이 후련해져 큰소리로 웃으며 말했다.

"하하, 훌륭하오. 문약은 이 일을 서둘러 주시오."

*　　　*　　　*

도겸의 상중에 서주로 조문 사신을 보낸 제후는 공손찬과 전해, 그리고 여포 셋뿐이었다. 전해는 공손찬의 부하이니 실제로는 둘인 셈이다. 도응이 주변 제후들에게 얼마나 미움을 샀는지 알 수 있는 대목이다.

그중 여포가 보낸 사신 허사는 도응에게 위로의 말을 건네는 동시에 여포와 동맹을 맺고 조조에게 대항하는 것은 어떻겠느냐고 떠보았다.

도응이 말을 얼버무리며 가타부타 대답이 없자 허사는 순망치한의 이치를 거론하며 재삼 설득하고, 은근슬쩍 여포와의 혼사 얘기를 꺼냈다.

이 제안에도 도응은 부친의 상중이라 아내를 들이는 일은 할 수 없다고 거절하며, 상을 다 치른 후 신중히 고려해 보겠다고 대답했다. 또한 여포와 조조가 다시 개전한다면 반드시 군량을 지원하겠다고 약속했다.

이에 허사는 크게 기뻐하며 거듭 사례하고 작별 인사를 고했다.

그런데 이때 도응이 전혀 예상하지 못한 일이 일어났다. 도겸의 시신을 안장할 때쯤, 이미 관직을 사임하고 동해로 돌아간 미축이 서주성으로 조문을 온 것이다.

도웅과 진등, 노숙 등은 미축에게 예를 갖춰 대하고, 조문을 마친 후 상중이라 거하진 않지만 작은 술자리까지 베풀어 주었다.

그러나 지난날의 은원 탓인지 분위기는 어색하기 그지없었다.

쌍방 간에 말이 거의 없었고, 영양가 없는 대화만이 간간이 오고갔다.

술자리가 파할 때가 돼서야 미축은 간신히 용기를 내 도웅에게 간청했다.

"사군, 지난번 조적의 난 때 동해는 가장 큰 피해를 입었습니다. 군 내 곳곳에 백골이 널려 있고 잡초만 무성한 데다 도적까지 창궐하여 여전히 난리통과 다를 바 없습니다. 이에 소인의 장원과 토지, 상단도 큰 피해를 입어 하루도 편할 날이 없었습니다. 낯 두껍지만 사군께서 이 미축에게 은혜를 베푸시어 가솔을 이끌고 팽성으로 돌아와 거주하도록 허락해 주십시오."

도웅은 미축에게 다른 꿍꿍이가 있는 것은 아닐까 의심했지만 겉으로는 흔쾌히 응하며 대답했다.

"자중이 원한다면 언제라도 돌아와도 좋소이다. 그대도 엄연한 서주 백성인데 이 땅에서 어딘들 마음대로 이주하지 못하겠소. 옛일은 다 잊었으니 마음에 담아두지 마시오."

이 말에 미축은 자리에서 일어나 도웅에게 절을 올리고 말했다.

"솔직히 말씀드리면 이번에 가솔들을 모두 데리고 팽성으로 돌아왔습니다. 전에 살던 가택을 미리 사두었는데, 사군께서 은전을 베푸시어 그리로 돌아갈 수 있게 되었습니다. 분부가 있으면 언제든지 불러주십시오. 이 축이 끓는 불 속에라도 들어가 못난 아우를 대신해 속죄하겠습니다."

'그럼 미정도 돌아왔단 말인가?'

도웅은 반가운 마음에 속으로 이렇게 외쳤다. 그러나 이내 그날 밤 미정의 차갑고 처연한 표정이 떠오르며 작은 탄식이 새어 나왔다.

도웅은 곧 정신을 차리고 미축과 서로 형식적인 인사치레를 건넸다. 미축이 작별 인사를 고하자 도웅도 일어나 친히 그를 배웅했다.

그런데 미축은 바로 대문을 나서지 않고 먼저 도겸의 영구가 안치된 빈소로 향했다. 도웅이 이를 이상히 여겨 눈을 돌려 보니, 그곳에는 소복을 입은 미정이 조문을 하고 있는 것 아닌가.

도웅이 깜짝 놀라며 멍하니 미정을 바라보자 미정의 시선도 도웅을 향했다.

처음에 미정의 눈에서는 복잡한 감정이 드러났으나 이내 눈빛이 싸늘해지며 급히 시선을 돌렸다. 그러고는 도겸의 영전 앞에 무릎을 꿇고 예를 행한 후 몸을 일으켜 아무 말 없이 미축을 따라 문을 나섰다.

그녀는 고개를 숙이고 도응 앞을 지나면서 한 번도 도응에게 시선을 주지 않았다.

한참 동안 미정의 뒷모습을 응시하던 도응은 전보다 훨씬 수척해진 모습에 가슴 한편이 아려움을 느꼈다.

＊   ＊   ＊

도겸의 시신을 안장한 후, 도응은 서주의 인사를 단행하는 것 외에 주요 역점을 봄갈이와 군비 확장 두 가지 대사에 두었다.

그중에서도 군비 확장은 무엇보다 중요했다.

현재 장패가 군대를 이끌고 합류하고 도응도 예주에서 대량의 항병을 편입시켜 서주의 총병력은 이미 5만을 넘었다. 하지만 수적으로든 질적으로든 이 병력으로는 도응의 성에 차지 않았다.

이에 도응은 먼저 군사 수를 7만 이상으로 확장하기로 마음먹었다.

다행히 도응이 예주에서 대량의 전량을 빼앗아오고, 소패의 양식 창고까지 접수해 군대 확충에 필요한 전량은 전혀 걱정할 필요가 없었다.

서주 군대의 확충도 매우 순조롭게 진행되었다.

신병 모집을 책임진 진도와 서성은 주변의 유민을 대량으로 받아들인 덕에 도겸의 시신을 안장한 지 얼마 지나지 않아 도응이 부여한 임무를 완수했다.

또한 순식간에 모집한 2만 신병이 대부분 15세 이상에 40세 이하의 장정이라 주력군에 편성될 잠재력이 충분했다. 도응은 이 보고를 받고 크게 기뻐하며 노숙, 진등과 함께 즉각 신군 편성 작업에 들어갔다.

그런데 이때 미축이 다시 한 번 도응을 찾아왔다.

그는 도응에게 신군을 조직하는 데 보탬이 되고 싶다며 군량 2만 휘와 철 3만 근, 견포(絹布) 천 필, 전마 5백 필을 바쳤다.

도응은 기쁜 마음으로 이를 수령하고 미축에게 이참에 벼슬길에 다시 오르라고 권유했다.

그러나 미축은 한사코 거절하며 재빨리 작별 인사를 고하고 자리를 떴다.

어찌됐든 오랫동안 도응을 괴롭히던 미축이 옛 은원을 잊고 대범한 모습을 보이자 도응은 감격해 마지않았다.

미가를 뼈에 사무치도록 미워하던 도상과 도기도 미축의

행동에 고개를 끄덕이며 벼슬 하사를 더는 반대하지 않았다.

조표와 노숙 등도 아무 말 없이 침묵을 지켰지만 유독 진등만이 겉모습에 미혹돼선 안 되며 재력이 막강하고 일찍이 유비와 내통한 적 있는 미축을 조심해야 된다고 경고했다.

그러나 도응은 고개를 가로저으며 조굉에게 몰래 미축의 움직임을 감시하던 밀탐을 중지하라고 명했다.

第八章

여포가 딸을 보내다

　눈코 뜰 새 없이 바쁜 와중에도 부지불식간에 시간은 흘러 어느덧 흥평 2년의 화창한 봄날이 도래했다.

　날이 점점 따뜻해지는 것과 비례해 서주 5군도 점차 안정을 찾고 발전을 도모하기 시작했다.

　이에 도응이 안도의 한숨을 내쉬며 휴식을 취하려고 할 때쯤, 서주 남부와 경계를 마주하고 있는 구강으로부터 날벼락 같은 소식이 전해졌다.

　도응이 전국옥새를 주고 화친을 청한 원술이 무슨 영문인지 갑자기 구강군 북부 당도(當塗) 일대에 병력을 집결시켰다는 것이다.

그는 구강을 넘보는 도응을 응징한다는 구실로 회수(淮水)를 건너 북상해 패국을 거쳐 서주를 공격하겠다고 떠벌리고 다녔다.

이 소식을 듣고 다급해진 도응은 즉시 심복들을 소집해 대책을 논의했다. 진등이 가장 먼저 입을 열었다.

"핑계입니다, 이건 다 핑계일 뿐입니다. 주공께서 이제 막 서주의 새 주인 자리에 올라 내부가 안정되지 않은 틈을 타 원술이 말도 안 되는 구실로 개전하려는 것이 분명합니다."

진등은 여기까지 말하고 한마디 더 덧붙였다.

"아니면 다른 제후가 탐욕스러운 원술을 꼬드기기 위해 아군이 구강을 침범했다고 수춘에 헛소문을 퍼뜨렸는지도 모릅니다. 본래 서주 5군에 눈독을 들이던 원술은 이것이 뜬소문인지 알면서도 옳다구나 쾌재를 부르며 이를 명분으로 화친을 파기하고 전쟁을 감행한 것이죠."

도응은 자리에서 일어나 한참 동안 자사부를 서성거리더니 미간을 찌푸리며 말했다.

"원술이 개전하는 것이야 전혀 이상하지 않지만 왜 하필 공격 목표가 서주성이냐는 것입니다. 광릉이 훨씬 쉬울 텐데 말이죠. 광릉은 군사가 적고 주력 부대가 치중된 북부와 거리가 멀어서 원군을 보내기도 불편합니다. 이런 상황에서 왜 굳이 쉬운 길을 버리고 어려운 길을 택했을까요?"

그러자 노숙이 말했다.

"유요를 꺼려했기 때문 아닐까요? 광릉과 이웃한 단도와 곡아는 원술과 불공대천의 원수인 유요의 거점입니다. 이에 유요가 아군과 손잡고 협공을 펼칠까 우려해 팽성 노선을 택한 것이죠. 게다가 당도에서 팽성으로 출병하는 거리가 광릉으로 출격하는 거리보다 더 가깝습니다."

"과연 그럴까요?"

도응은 고개를 가로저었다. 팽성으로 출병하는 것이 거리가 가까운 건 분명하지만 이 길은 육로라 장강 뱃길보다 양초를 보급하는 데 상당한 어려움이 따른다.

육로 운송은 수상 운송보다 몇 배는 더 힘이 든다. 원술이 아무리 지략이 없다고 해도 이런 실수를 범할 가능성은 크지 않았다.

게다가 패국은 서주의 영토나 다름없어 군자군이 양도를 끊임없이 괴롭힐 것이 빤한데, 이미 한 차례 된통 당한 전력이 있는 원술이 같은 잘못을 반복할 리는 없었다.

이때 진등은 도응의 뜻을 오해하여 위로하며 말했다.

"주공, 원술의 병마가 많다고 하나 기강이 해이해 하나같이 목숨을 아끼고 죽음을 두려워하니, 전혀 염려할 필요가 없습니다. 정예병을 즉시 죽읍(竹邑)으로 파견해 수수 나루를 방비하면 그만입니다."

도응이 주저하며 결정을 내리지 못하자 정식으로 군자군 주장에 임명된 도기가 답답하다는 듯 앞으로 나섰다.

"형님, 제가 군자군과 일부 보병을 이끌고 죽읍으로 가 원술 놈이 수수를 한 발짝도 넘지 못하도록 하겠습니다."

도기의 말에도 아무 반응이 없던 도응은 한참 만에 고개를 젓고 단호히 말했다.

"다들 급할 것 없소이다. 기선 제압이 중요하지만 한 걸음 물러난다고 주도권을 잃지는 않습니다. 서주성에서 죽읍까지 도 거리가 멀지 않아 군자군의 속도면 기껏해야 하루면 도착합니다. 그러니 조금만 더 기다려 봅시다. 원술의 주공 방향을 확인한 후에 대처해도 늦지 않습니다."

진등은 어쩔 수 없다는 표정을 지으며 건의했다.

"원술의 성동격서 작전이 걱정되신다면 장광 장군 쪽에 장강 수로를 통한 원술의 기습에 철저히 대비하라고 미리 전통을 넣으십시오."

도응은 고개를 끄덕인 후 즉각 광릉상 장광에게 원술의 기습 공격에 대비해 방어 태세를 강화하라는 편지를 보냈다. 동시에 조굉에게도 구강 원술군의 일거수일투족을 철저히 감시하라고 일렀다.

*　　　　*　　　　*

서주 세작이 원술군을 감시하듯, 원술 세작도 서주군의 일거일동을 감시하고 있었다. 서주군이 전혀 움직일 기미가 보이지 않는다는 보고가 구강에 전해지자 마침 당도에서 기령의 병력 배치를 돕고 있던 주유는 다짜고짜 욕을 퍼부었다.

"도웅 놈이 간사하기 짝이 없구나! 필시 아군의 주공 방향을 의심하기 시작한 것이야!"

옆에 있던 기령이 물었다.

"그럼 어찌하는 것이 좋겠나? 당장 출격해 도웅을 놀래키는 건 어떻겠나?"

주유가 고개를 가로저으며 말했다.

"절대 서둘러서는 안 됩니다. 서주 북쪽에 치중된 도웅의 주력 부대가 움직이지 않는 관계로 조조와 여포도 함부로 손을 쓰지 못하고 관망만 하며 사태의 추이를 지켜보고 있습니다. 그런데 이때 아군이 공격을 감행해 도웅이 주력군을 이끌고 내려온다면 여포와 조조에게 좋은 일만 시켜줄 뿐입니다. 따라서 우리가 먼저 손을 쓰는 것이 아니라 도웅이 먼저 손을 쓰도록 만들어야 합니다. 최대한 군사력을 분산시켜 몇 군데로 적을 막게 한 다음 기회를 엿봐 불시에 쳐들어가는 것이 상책입니다."

"어떻게 하면 도응이 먼저 움직이게 할 수 있겠나?"

"광릉을 이용할 수밖에 없습니다. 도응이 일단 아군의 허장 성세를 의심했다면 광릉 기습에 대비하기 위해 필시 우리 수군의 움직임을 주시할 것입니다. 다행히 아군은 병력이 많아 도응이 아무리 간사해도 병력 수로 아군의 주력 부대를 판단해 내기는 어렵습니다. 저는 먼저 수춘으로 돌아가 악부(岳父)를 뵙겠습니다. 악부께 청해 역양 일대에 거짓으로 대군을 배치하여 도응에게 아군의 주공 방향이 광릉성이라고 여기게 만들 생각입니다."

"그러면 도응이 먼저 움직이겠지만, 광릉에 병력이 증원될 것 아닌가?"

주유가 만면에 흐뭇한 미소를 띠며 말했다.

"그럼 더 좋은 일 아닙니까? 우리의 공격 방향을 들키지 않고 많은 서주군을 독 안에 몰아넣는다면 서주 공격이 더 쉬워질 테니까요."

기령은 곰곰이 생각해 보더니 그제야 무슨 의민지 깨달은 듯 큰소리로 웃음을 터뜨리고는 주유에게 얼른 수춘으로 돌아가라고 재촉했다. 주유는 웃음으로 화답한 후 마음속으로 또 다른 문제를 고민하기 시작했다.

'여포 놈은 대체 왜 아무 움직임도 없는 거야? 원술을 꼬드겨 몰래 동맹을 맺고 서주를 점령하면 땅을 나누자고 한 지가 언젠데? 변덕스러운 소인 놈이 마음이 동하지 않았을 리도 없을 테고. 혹시 지난번에 죽을 고비를 넘겼다고 도응을 두려워하는 걸까? 아냐, 절대 그럴 리는 없어.'

*   *   *

원술이 파견한 사자는 사실 순조롭게 여포를 만났다. 여포는 함께 손잡고 서주를 공략한 후 땅을 나누자는 원술의 제안에 손뼉을 치며 찬동을 표했다.

그런데 애석하게도 의외의 사건이 발생하면서 이 계획은 잠시 미룰 수밖에 없었다. 여포가 조조에게 연전연패하며 궁지에 몰리게 된 것이다.

식량 부족이 심각해지면서 연주 중부의 동평(東平)에 주둔하고 있던 여포군 장수 설란(薛蘭)과 이봉(李封)은 약탈로 기근을 해결하고 있었다.

그런데 주변 백성들에게 더 이상 빼앗을 것이 없자 이들은 동평을 비워둔 채 먼 곳까지 가 약탈에 나섰다.

조조는 이 사실을 탐지하고 몰래 군대를 파견해 동평을 기습했다. 동평군 성지가 일거에 조조군 손에 떨어지자 다급해진 설란과 이봉은 성으로 돌아가 여포에게 구원을 요청하려다가 마침 길목을 지키고 있던 전위와 이전의 손에 목이 달아나고 말았다.

이를 시발점으로 여포군은 걷잡을 수 없는 패배의 수렁으로 빠져들었다. 여기에는 진궁의 실착이 크게 작용했다. 진궁은 순유의 성동격서 계략에 속아 조조군의 다음 진공 목표를 제음군(濟陰郡) 정도(定陶)로 오판해 여포에게 정도로 증원군을 파견하라고 건의했다.

그런데 조조는 노약병을 정도로 보내 여포 정예병의 주의를 끌게 하고는 자신이 직접 정예군을 이끌고 복양으로 쳐들어갔다.

여포군이 계략에 떨어졌음을 알았을 때는 이미 때가 늦었다. 복양성의 거부 전씨(田氏)는 여포의 약탈에 불만이 쌓였던 터라 조조군이 오자 성문을 활짝 열어 이들을 맞이했다. 이로써 연주의 치소인 복양성이 마침내 조조군 손에 떨어졌다.

보름 만에 연달아 요지 두 곳을 잃은 여포는 대로하여 즉각 군사를 거느리고 복양성 공격에 나섰다. 하지만 조조군은 성문을 굳게 걸어 잠근 채 나와 싸우려 하지 않았다.

복양성 전투가 지지부진하며 소강상태에 빠져들 때쯤, 원소가 파견한 대장 안량이 군사를 거느리고 드디어 백마(白馬)에 당도했다.

이에 조조는 안량과 안팎으로 여포군에 맹공을 가했다. 양군의 협공에 대패한 여포는 그 길로 정도까지 달아났다.

승세를 탄 조조는 군사를 두 길로 나눠 안량에게는 정도를 공격하게 하고, 자신은 친히 대군을 거느리고 여포의 거점인 창읍으로 쳐들어갔다.

여포군의 가솔들이 대부분 창읍에 있는 데다 창읍이 일단 함락되면 서주와의 연락도 끊기게 돼 여포는 하는 수 없이 장막(張邈)과 장초에게 정도를 지키라고 명한 후 친히 주력군을 이끌고 창읍을 구하러 달려갔다.

다행히 창읍은 진궁과 고순이 사수하고 있던 터라 조조군의 맹공에 쉽게 무너지지 않았다.

여포가 주력군을 이끌고 온 것을 본 조조는 아쉬운 마음이 들었지만 더는 공성이 어렵다고 여겨 견성으로 군대를 물렸다.

이번 몇 차례 전투로 인해 여포는 주요 성지 두 곳을 잃고 병력이 크게 꺾였다. 이로써 팽팽하던 연주의 전황도 차츰 조조의 우세로 기울어 갔다.

조조와의 전투에서 대패한 여포는 답답한 마음을 금할 길이 없어 급히 진궁을 불러 향후 대책에 대해 논의했다. 이에 진궁이 공수하고 말했다.

"저에게 세 가지 계책이 있사온데, 온후께서 가려 선택하십시오."

여포는 크게 기뻐하며 서둘러 그 세 가지 계책이 무엇인지 물었다. 진궁이 대답했다.

"첫째는 원술의 요청을 받아들이는 것입니다. 조조에게 화친을 구해 잠시 전쟁을 멈춘 후 원술과 손잡고 부유한 서주 땅을 취하시면 됩니다. 물론 이는 하책입니다. 둘째는 원술의 사자를 서주로 압송해 도응과 동맹을 맺고 조조에게 반격을 가하는 것입니다. 이는 중책입니다. 셋째는 비밀리에 원술의 청을 수락한 다음 원술에게 먼저 출병해 서주를 공격하라고 요구하십시오. 동시에 도응에게는 혼인을 청해 이를 빌미로 식량 문제를 해결하고 도응의 마음을 안심시키는 것입니다. 이어 원술이 전쟁을 일으키길 기다렸다가 도응이 남하하면 적당히 기회를 봐 행동하면 됩니다. 이는 상책입니다. 이 세 가지 계책 모두 가능하니 주공께서 하나를 택하십시오."

진궁의 계책을 모두 들은 여포는 한참 동안 곰곰이 생각하더니 마침내 입을 열었다.

"조조는 나와 불공대천의 원수라 화친을 구하기는 아무래도 어렵고, 도응과도 막… 어쨌든 하책은 불가하네. 중책으로 말하자면, 원술의 사자를 도응에게 건넨다고 얻는 것이 많지 않을뿐더러 원술과도 척을 지게 돼 그리 실효성이 없어. 상책은 매우 절묘하지만 딸아이를 도응에게 시집보낸다고 어떻게 서주를 빼앗을 수 있단 말인가?"

"걱정하실 것 없습니다. 주공의 천금은 아직 급계(만 15세)에 이르지 않았으니 주공께서는 먼저 혼인만 허하시고 딸아이의 나이가 차지 않은 관계로 잠시 혼사를 미루자고 청하십시오. 이렇게 혼약을 맺어놓으면 식량을 빌릴 명분도 생기고 도웅도 방심하게 만들 수 있습니다. 그런 다음 원술이 전쟁을 일으키길 기다린다면 서주를 취할 기회가 생깁니다."

여포는 진궁의 설명을 듣고 크게 기뻐하며 물었다.

"오, 이 계책이 심히 절묘하도다. 지난번에 허사가 돌아와 도웅이 상중인 관계로 당장은 혼인 의사가 없다고 하던데 어찌하면 좋겠는가?"

진궁은 머릿속에 미리 계산이 서 있다는 듯 즉각 대답했다.

"상관없습니다. 다시 한 번 사자를 보내 딸아이를 시집보낸다고 말하고, 세 가지 불효 중 자손이 없는 것이 가장 큰 불효라는 말로 설득하십시오. 그러면 도웅은 주공이 형세가 위급해 딸을 시집보내려 한다고 여길 뿐, 원술과 결탁했다고 의심하지는 못할 것입니다. 또한 아군은 북쪽의 장벽과 같아 도웅이 이 제안을 거부할 리 없습니다."

"좋네. 그럼 그리하기로 하세. 이번에는 허사와 왕해를 함께 보내 반드시 도웅을 설득하라고 명하게!"

그런데 이 묘계를 준비하는 과정에서 의외의 변수가 발생했다. 여포의 정실인 엄씨(嚴氏)가 딸아이를 출가시킨다는 얘기를 듣고 장래의 사윗감이 마음에 드는지 먼저 확인해야겠다고 나선 것이다. 이에 여포는 하는 수 없이 진궁을 불러 의견을 물었다. 진궁은 한참 동안 고민하더니 여포에게 말했다.

"차라리 잘됐습니다. 부인이 가신다면 도웅의 의심을 거두는 데도 큰 도움이 됩니다. 함께 가시도록 허하십시오."

여포는 진궁의 말에 따라 엄씨의 요청을 받아들이고, 학맹에게 5백 군사를 이끌고 엄씨를 호송해 남하하라고 명했다.

그러자 이번에는 혼인 당사자인 여포의 딸 여접(呂蝶)마저 모친을 따라 서주로 가겠다고 졸랐다. 엄씨까지 나서서 허락해 달라고 청하자 모녀의 등쌀에 못 이긴 여포는 하는 수 없이 이를 허락했다.

이와 동시에 여포는 몰래 원술의 사자를 불러 함께 도웅을 공격하고 서주 영토를 나누자는 밀약에 동의했다.

다만 연주의 사태가 급변했다는 핑계로 원술에게 먼저 서주를 공격하면 나중에 자신이 도웅의 배후를 치겠다고 얘기했다.

원술의 사자는 크게 기뻐하며 수춘으로 달려가 이 낭보를 전했다.

*　　　*　　　*

여포의 부인과 딸이 함께 가게 되면서 여포는 먼저 사자를 파견해 도웅에게 이 사실을 알렸다.

연주의 전황을 예의 주시하고 있던 도웅은 여포가 조조, 원소 연합군의 맹공을 당해내지 못해 어쩔 수 없이 딸을 시집보내 자신과 동맹을 맺으려 한다는 사실을 알았다. 어쨌든 도웅은 여포의 체면을 살려주기 위해 친히 성 밖으로 나가 이들 모녀를 영접하기로 했다.

창읍에서 팽성까지는 약 4백 리 길로 엄씨 일행은 이레 만에 서주성에 도착했다. 이들이 성에 도착한 날, 도웅은 친히 문무 관원을 거느리고 성 밖 10리까지 나가 여포의 처와 딸을 영접했다.

엄씨는 도웅의 예의바른 태도에 만족감을 표했고, 또 준수한 용모와 범상치 않은 기백을 보고 사윗감으로 손색이 없다는 생각에 기쁨을 감추지 못했다.

도웅은 엄씨와 몇 마디 인사를 나눈 후 성 안으로 청하여 자사부에서 주연을 베풀어 주었다.

주연 자리에서 여접은 부끄러운 듯 얼굴을 들지 못하고 조신하게 자리에 앉아 있었다.

엄씨의 명에 여접은 도웅에게 절을 올리며 힐끗 도웅을 훔쳐본 후 얼굴을 붉히며 고개를 숙였다.

짧은 순간이었지만 도웅의 눈에 앳되고 아리따운 소녀의 얼굴이 스쳐 지나갔다.

이어 엄씨가 먼 길을 와 피곤한 데다 여자의 몸으로 술자리
에 오래 있는 건 예의가 아니라며 먼저 자리를 떴다. 그러면
서 몰래 허사와 왕해에게 눈짓을 보냈다.

이들은 그 뜻을 알아차리고 엄씨 모녀가 나가자 도응에게
말했다.

"도 사군, 우리 주공에게 저희를 보내신 이유는 집안일 하
나를 논의하기 위해서입니다."

도응이 짐짓 무슨 집안일이냐고 묻자 둘은 웃으면서 대답
했다.

"일전에 잠깐 말씀드렸던 혼사 문제입니다. 전 사군의 장례
도 이미 마쳐 더는 거리낄 것이 없으니 사군께서도 이를 숙고
하심이 어떠신지요?"

도응이야 이미 간파하고 있었지만 주위에 배석한 문무 관
원들은 갑작스런 혼사 얘기에 술렁이기 시작했다.

특히 도응을 일찍부터 사위로 점찍어놓은 조표는 난처한
표정이 역력했다. 물론 도응도 단번에 이 제안을 받아들이지
는 않았다.

"두 분의 호의는 고맙게 받겠습니다. 다만 가친께서 돌아가
신 지 얼마 안 돼 아직 상중인 데다 여온후의 천금이 급계에
이르지 않아 혼담을 거론하기가 심히 불편합니다."

그러자 왕해가 진중한 어조로 말했다.

"사군의 말씀은 틀렸습니다. 사람이 처가 없으면 집에 대들보가 없는 것과 같은데, 어찌 상중이라고 해서 인륜을 폐한단 말입니까? 더구나 세 가지 불효 중 후사가 없는 것보다 더 큰 불효는 없습니다. 사군께서는 이미 약관이 지나셨으니 빨리 아내를 맞고 자식을 얻어 대를 이으셔야 합니다. 부친께서도 황천에서 이 사실을 들으신다면 분명 크게 기뻐하실 것입니다."

허사도 옆에서 거들었다.

"사군께서는 아직 상중이고, 우리 주군의 영애는 급계를 지나지 않았으니 먼저 혼인을 약속하기만 하면 됩니다. 영애의 연령이 급계를 넘긴 후 혼례를 올린다면 서로에게 모두 좋은 일 아니겠습니까?"

여접의 용모도 아름답고, 또 여포와 혼약을 맺으면 전략적으로도 이로운 점이 더 많았다. 하지만 도응은 바로 결정을 내리지 못하고 얼버무리며 대답했다.

"어쨌든 혼인은 집안의 대사라 어른인 가형께 먼저 여쭙는 것이 도리입니다. 두 분께서는 역관으로 먼저 돌아가 쉬고 계십시오. 이 일은 결정되면 다시 말씀드리도록 하리다."

이 말에 허사와 왕해도 더는 도응을 재촉할 수 없어 답변을 꼭 달라고 하고 자리에서 일어났다.

마침 엄씨 모녀도 문을 나서는 중이라 이들은 엄씨 모녀를 호위하여 역관으로 쉬러 갔다.

도웅은 친히 이들을 자사부 대문까지 전송한 후 서둘러 도상과 노숙, 진등을 불러 여포와의 혼사 문제를 논의했다. 작년에 아내를 먼저 맞아들인 도상이 만면에 희색을 띠고 말했다.

"아우, 내가 보기에 이 혼사는 서두르는 게 좋겠네. 조금 전 대문 앞에서 여포의 천금을 봤는데, 용모가 참하고 행동거지가 단정한 것이 아우와는 천생의 배필일세. 아우만 원한다면 이 혼사는 무조건 찬성이네."

도웅은 아무 대답도 하지 않았다. 도웅으로서는 이 혼인의 결과가 더 중요했기에 시선을 다시 노숙과 진등에게 돌렸다. 진등과 노숙도 이 혼사에 크게 찬동했다. 진등이 먼저 나서서 말했다.

"주공, 여포가 혼사를 거론한 목적은 분명합니다. 우리에게 식량과 군사를 빌려 조조와 원소에 대항하려는 것이죠. 그런데 여포가 망한다면 아군이 저들의 연합 공격을 감내해야 합니다. 하여 차라리 여포와의 혼사를 선택해 식량을 나눠주고 여포의 손을 빌리는 것이 훨씬 나은 선택입니다. 그러면 우리로서도 안심하고 원술의 침공에 주의를 집중할 수 있습니다."

노숙도 한마디 거들며 대답했다.

"신 또한 같은 생각입니다. 여포가 아무리 낯빛을 자주 바꾸는 자라고 해도 딸을 주공께 시집보내면 행동에 제약을 받게 마련입니다. 그리고 여포가 연주에서 오래 버텨줄수록 아군에게도 유리합니다."

도응은 여포가 자신의 장인이 된다고 해서 자신에게 손을 쓸 리 없다고는 믿지 않았다. 하지만 현재 서주 주변 형세가 최악이다 보니 고립무원에 빠진 도응으로서도 마침내 결단을 내릴 수밖에 없었다.

"좋소이다. 이 혼인이 독주가 된다 해도 당장 시간을 벌어야 하므로 그리하기로 합시다. 내일 여포 사신에게 혼사를 허락한다고 알리고, 군량 5만 휘와 견포 천 필, 금 5백 근을 예물로 보내겠다고 하십시오."

이들이 심사숙고 끝에 여포와의 혼담을 마무리 지을 때쯤, 호위병이 홀연 안으로 들어와 도응에게 귀엣말로 아뢰었다.

"주공, 방금 전 성은 임이요, 이름은 청이라는 낭자가 후원에서 뵙기를 청했습니다. 주공께서 이름을 들으면 알 것이라고 하는데, 어찌 처리할까요?"

'드디어 모습을 드러내는구나.'

도응은 속으로 웃음을 띠고 목소리를 낮춰 호위병에게 명했다.

"잠시 내 서재로 가 기다리고 있으라 하고 차를 대접해라. 그리고 공무가 끝나는 대로 보러 간다고 전해라."

호위병이 명을 받고 총총히 물러가자 도응은 일부러 노숙, 진등과 한참 동안 원술과의 전쟁 준비에 대해 논의한 후 저녁 때가 돼서야 홀로 서재로 향했다. 임청과는 거의 4개월 만에 만나는 셈이었다.

날은 이미 어두워져 고요한 서재에는 등잔불 하나만이 빛나고 있었다.

도응이 들어오자 여장을 한 임청이 책상 옆에 앉아 고개를 숙이고 아무 말도 없었다. 바닥에 죽간이 흩어져 있는 것으로 보아, 기다리기 지루했던 임청이 죽간에 화풀이를 해댄 것이 분명했다. 도응은 전혀 화를 내지 않고 죽간을 하나하나씩 챙겨 책상 위에 올려놓은 후 임청의 맞은편 자리에 앉아 미소만 짓고 있었다.

침묵의 시간이 얼마나 흘렀을까. 참지 못한 임청이 마침내 눈물 자국 가득한 얼굴을 들고 목멘 소리로 짜증내듯 말했다.

"흥, 갑자기 벙어리가 됐어요? 이제야 나타나서 왜 아무 말도 없냐고요?"

도응도 미소를 띠고 입을 열었다.

"어떤 낭자가 지금까지 날 희롱해서 본때를 보여주고 있는 중이라오."

"누가 누구를 희롱했다고 그러세요?"

"아직까지도 뻔뻔하기 그지없구려. 부엌데기에게 자기 옷을 입히고 두 번이나 날 속이고서 희롱하지 않았다고 하는 거요?"

임청은 얼굴이 하얘지며 말까지 더듬었다.

"그… 그걸 어떻게 알았지?"

"두 번째 날 속인 날 저녁에 아무래도 수상해서 조굉 장군을 시켜 내막을 탐문해 보았소. 알고 보니 임청이란 자는 바로 조령이고… 얼굴을 쳐다보기 무서울 정도로 못생긴 조령은 사실 그대의 주방 하녀였더구려."

"그렇다면 세 달도 전에 이미 내가 조령인지 알았다는 얘기예요?"

임청, 아니 조령은 부끄럽기도 하고 화가 나기도 해 날카로운 목소리로 말했다.

"그럼 왜 지금까지 절 속인 거죠? 그리고 왜 아직까지 혼담을 꺼내지도 않고……."

이 얘기를 꺼내고 조령은 부끄러운 듯 얼굴이 붉게 물들며 아예 몸을 돌려 도응을 등지고 앉았다. 이 모습을 본 도응은 웃음을 참지 못하고 물었다.

"그런데 조 낭자, 오늘은 무슨 바람이 불어서 날 찾아온 거요? 혹시 마음이 다급해지고 몸이 단 소식을 들은 건 아니오?"

조령은 속으로 뜨끔했는지 아무 말 없이 부자연스런 자세로 의자에 앉아 안절부절못했다.

도웅 역시 조령의 아름다운 뒷모습만 바라보며 아무런 말이 없자, 또다시 제풀에 못 이긴 조령이 벌떡 일어나 도웅을 날카롭게 쏘아보았다. 도웅은 이에 아랑곳하지 않고 웃음을 지으며 말했다.

"오늘 저녁이 지나면 그대에게 더는 기회가 없을 거요. 형님의 허락으로 내 이미 여포의 천금을 아내로 맞이하기로 했소."

조령은 이 말을 듣자 얼굴이 일그러지며 왈칵 울음을 쏟고 말았다.

"전… 전 이 혼인을 허락할 수 없어요……."

도웅은 마침내 복수할 기회가 왔다는 듯 회심의 미소를 짓고 말했다.

"이는 내 탓이 아니라 그대 스스로 자초한 일 아니오? 애초에 그대가 날 그토록 놀리지만 않았다면 일이 이 지경에 이르지는 않았을 것이오."

이 말에 조령은 말문이 막혀 바닥에 주저앉아 눈물만 뿌릴 뿐이었다.

자신의 행동이 후회가 되는 듯 목을 놓아 울고 있자 도웅도 미안한 마음이 들었는지 조령에게 다가가 어깨를 두드려

주고 위로하며 말했다.

"그만 우시오. 한 번씩 서로를 속였으니 비긴 걸로 합시다.
이후로 내 다시는 예전 일을 들먹이지 않으리다."

조령은 눈물범벅이 된 얼굴을 들고 울먹이는 목소리로 말
했다.

"그럼 여포의 딸을 아내로 들이지 않는다고 약속해 주세
요."

"그건……."

도응은 잠시 뜸을 들이더니 탄식하며 말했다.

"아! 그 청은 들어줄 수가 없소. 그대라면 현재 서주의 형세
가 얼마나 위급한지 잘 알 것이오. 서주 5군의 천만 생령을 위
해 이 혼사는 절대 거절할 수 없소이다."

이 말에 조령이 입을 삐죽이자 도응은 다시 말을 이었다.

"또 대장부가 삼처사첩(三妻四妾)을 거느리는 것은 당연한
일이니, 여포의 딸과 혼인한다고 그대를 아내로 들이지 못하
는 것은 아니잖소? 그리고 그만큼 더 그대를 아껴 주리다."

"그럼 절 처로 맞고 여포의 딸을 첩으로 삼으세요."

이 말에 도응이 아무 대꾸도 없자 조령은 빨리 대답하라고
다그쳤다.

잠시 후 도응이 조령의 양 어깨를 잡고 눈을 똑바로 응시하
며 말했다.

"낭자, 날 사랑한다면 내 입장을 조금만 이해해 주시오. 서주를 위해서, 그리고 그대와 날 위해서 여포의 딸은 반드시 정실로 삼아야 하오."

조령의 눈에서는 다시 눈물이 떨어졌다.

그녀는 작은 얼굴을 도응의 품에 묻고 흐느끼기만 했다. 도응은 조금 미안한 생각이 들었는지 부드러운 목소리로 일렀다.

"염려 마시오. 여포의 딸을 잠깐 봤는데 강인하면서도 다정다감한 아이처럼 보였소. 그대와는 탈 없이 잘 지내리라 생각되오. 그대의 부친 역시 내 어려움을 잘 아는 데다 우리 사이가 어떤지 잘 알 테니 크게 개의치는 않으리라고 보오."

도응의 품에서 흐느껴 울던 조령은 목멘 소리로 말했다.

"첩이 제 운명이라면 괴롭지만 받아들이겠어요. 하지만 한 가지만 꼭 약속해 주세요. 내 허락 없이 다른 여인은 절대 들이지 않겠다고요!"

도응은 마지못해 응낙하고 조령을 꼭 안아주었다.

第九章

제삼의 공격 경로

　도웅은 여포와의 혼사가 마무리돼 한시름을 덜었다고 생각했다. 그런데 며칠 후 청천벽력 같은 소식이 날아들었다. 밤낮을 쉬지 않고 달려온 세작이 여포와 원술 간에 비밀리에 동맹을 맺고 서주를 집어삼키기로 약속했다고 알려온 것이다.

　이 사실에 깜짝 놀란 도웅은 당장 노숙과 진등을 불러 대책 논의에 들어갔다. 이 소식을 들은 노숙과 진등은 이맛살을 찌푸리며 고민에 빠졌다. 한참 후에 노숙이 쓴웃음을 지으며 말했다.

　"우리가 여포를 너무 얕본 모양입니다. 이렇게 뒤통수를 치다니요, 허허. 그에게 진궁이 있다는 걸 깜빡했습니다."

이어서 진등이 말했다.

"이런 시랑 같은 놈과 동맹을 맺었다가 큰 사달이 나게 생겼습니다. 아무래도 이번 혼사는 다시 고려해 보는 것이 어떨까요?"

도응은 아무 대답 없이 이들의 말을 듣고만 있다가 입을 열었다.

"아무리 따져 봐도 여포와의 동맹을 포기하긴 어렵겠습니다. 여포가 아무리 악랄하다고 해도 조조, 원소만 하겠습니까. 북쪽 장벽을 잃을 수는 없으니 이대로 밀고 나갑시다."

도응의 말을 가만히 듣고 있던 노숙이 한 가지 건의를 올렸다.

"주공의 말씀이 옳습니다만 북쪽 방비도 절대 게을리할 수 없습니다. 이번에 여포에게 지원할 식량을 운송할 때, 아예 군사를 함께 딸려 보내 소패의 방어를 강화하십시오. 만일의 사태에 대비해 서주 북부의 요충지인 소패만큼은 꼭 지켜내야 합니다."

도응도 고개를 끄덕이고 분부를 내렸다.

"그거 좋은 생각이오. 여포의 딸과 정혼한 후 진의에게 군사 5천을 이끌고 가 식량을 운송하고 나서 아예 소패에 주둔하며 손관을 도와 소패를 지키라고 하시오."

진등과 노숙이 이에 대답한 후, 진등이 다시 물었다.

"그럼 원술 쪽은 어찌 처리하실 생각이십니까? 원술이 이미 서주 침략을 공식화한 상황에서 여포가 원술과 비밀리에 동맹을 맺었고, 또 주공이 꺼리시는 주유가 아무래도 전쟁을 조종하는 듯한데 마냥 손 놓고 기다릴 수만은 없는 일 아닙니까?"

도응은 고개를 저으며 말했다.

"그건 너무 서둘 것 없소이다. 원술의 주공 방향이 결정된 뒤 움직이는 것이 최선의 방법입니다. 서주의 7만 군대 중 5만이 넘는 군대가 각 요지를 방어하고 있는 상황이라 우리에게는 가용 병력이 채 2만도 되지 않습니다. 일단 원술의 공격 방향을 잘못 판단하게 되면 다시 병력을 조정하기가 만만치 않은 데다 우리 주력군이 움직이면 북쪽의 적들도 따라서 기회를 노리게 됩니다."

도응이 너무 신중하고 조심스럽게 나오자 노숙과 진등도 더는 이 일을 거론하지 않았다.

이들은 그저 척후병들에게 원술군의 동향을 엄밀히 감시하라고 명하는 한편, 도응의 지휘 아래 여포와의 혼인 절차를 서둘렀다.

이들은 계략에 떨어진 척하며 잠시 여포를 안심시키고, 예물인 군량 5만 휘와 견포 천 필, 황금 5백 근을 서주 군대에게 직접 북쪽으로 운송하게 했다.

곤궁에 처한 여포는 이 소식을 듣고 크게 기뻐하며 도응을 장래의 사위로 받아들이는 것은 물론이고, 장료를 파견해 식량을 운반하는 서주 군대를 맞이하라고 명했다.

식량을 운반한 5천 서주 군대는 서주로 돌아가지 않고 아예 소패에 주둔하며 이 요충지의 방어를 더욱 공고히 했다.

며칠 후 회남에 보낸 세작들이 원술군의 동향을 가지고 서주로 돌아왔다.

도응의 예상대로 원술군이 과연 역양 일대에 숫자를 알 수 없는 군대를 비밀리에 소집하고 대량의 선박과 양초를 집결시켰다는 것이다.

이는 강을 건너 유요를 공격하기 위한 작전일 수도 있지만 지금 상황에서는 강을 따라 남하해 서주 최남단의 광릉 요지를 습격할 가능성이 더 높았다.

이와 동시에 뜻밖의 소식 하나가 서주로 날아들었다. 강남의 유요가 원술군이 광릉을 공격할지도 모른다는 정보와 함께 원술군의 병력 이동 및 선박 준비 상황 등을 자세히 알려왔다.

그 목적이야 당연히 자신의 기반을 빼앗으려 하는 원술에 대항해 서주군과 맹약을 체결하기 위함이었다.

이 소식을 재삼 확인한 노숙과 진등은 도응의 선견지명에 탄복했다. 이어 즉각 광릉에 지원군을 보내 원술에게 빈틈을 주지 말자고 건의했다.

그런데 도응은 책사들의 건의에 아무런 반응도 보이지 않고, 도리어 유요의 편지만 반복해서 읽고 있을 뿐이었다. 도응은 여전히 미간을 찌푸린 채 혼잣말로 중얼거렸다.

"광릉? 광릉이라… 진짜로 광릉일까?"

이에 노숙이 답답한 듯 도응에게 말했다.

"주공, 너무 의심이 많은 것 아닙니까? 전에 원술군의 주공 방향이 팽성 아니면 광릉이라고 추측했었는데, 지금 주공의 판단이 정확했음이 증명됐습니다. 혹시 역양의 군대가 속임수라고 생각하는 것입니까?"

"자경, 우리의 상대는 다름 아닌 주유입니다. 신중을 기할수록 천려일실의 우를 범하지 않는 법이죠. 일단 주유의 계략에 떨어지면 후회해도 때는 늦습니다. 그대들은 이 일 중간에 의심 가는 점이 없었습니까?"

노숙과 진등은 서로의 얼굴만 바라보며 영문을 모르겠다는 표정을 지었다.

"글쎄요. 무엇이 이상하다는 말씀입니까?"

"첫째는 원술의 주력군이 어디에 있느냐입니다. 당도일까요 아니면 역양일까요? 원술은 큰일을 벌이고 공을 세우기 좋아

하여 군대를 조직해도 머릿수만 늘리는 데 역점을 둡니다. 따라서 그의 군대가 아무리 방대하다 해도 기령, 교유, 장훈 등 몇몇 심복 대장 휘하의 주력군을 빼면 대부분 오합지중에 불과합니다. 이런 점에서 봤을 때, 우리에게 위협이 되는 군대는 이들 심복 대장의 군대입니다. 그런데 현재 유일하게 확인 가능한 것은 장훈의 군대가 우저에서 유요의 주력군과 대치하고 있다는 것입니다. 그렇다면 기령과 교유의 군대는 어디에 있을까요? 우리 세작이 이런 중요한 정보를 파악하지 못하고 있다는 건 저들이 이를 철저히 숨기고 있다는 반증입니다."

노숙과 진등은 도응의 말이 일리가 있다고 여겨 고개를 끄덕였다. 정보전만큼은 도응이 특별히 강조해 온 터라 어느 누구에게도 뒤지지 않는다고 여겼는데, 이들마저 원술의 주력군 위치를 찾아내지 못했다는 건 적에게 다른 꿍꿍이속이 있음이 분명했다.

도응이 계속해서 말을 이었다.

"두 번째 의문은 시간상의 문제입니다. 원술군이 서주 공략을 준비하고 있다고 들은 지가 벌써 스무 날이 넘게 지났습니다. 그런데 이 기간 동안 원술군은 좀처럼 군대를 움직이지 않고 있습니다. 설마 그가 '병귀신속(兵貴神速)'의 이치를 모르고 있을까요?"

이 말에 진등이 끼어들며 말했다.

"그건 원술이 여포의 회답을 기다리고 있었기 때문 아닐까요?"

"그럴 수도 있습니다. 하지만 한 가지 가능성이 더 있습니다. 원술군은 우리가 먼저 움직여 주길 기다리고 있는지도 모릅니다. 그리하여 우리에게 허점이 드러나면 그 틈을 파고들어 일거에 서주를 무너뜨리려는 것이죠. 성격이 급한 원술이야 이런 작전을 생각해낼 리 만무하지만 상대가 주유라면 충분히 가능한 작전입니다."

노숙과 진등은 아무 말 없이 듣고만 있다가 진등이 먼저 입을 열었다.

"주공의 의심이 확실히 일리가 있습니다. 하지만 여포의 회신이 이미 수춘에 당도한 상황에서 우리가 아무런 방비도 하고 있지 않다가 원술군이 갑자기 기습을 가하면 손쓸 틈이 없을까 염려됩니다."

도옹도 말없이 고민만 하다가 시선을 노숙에게 돌려 물었다.

"자경, 그대의 생각은 어떠시오?"

"주공의 의심대로 원술의 주력군 위치가 불명한 상황에서 함부로 주공 방향을 단정하는 것은 위험합니다. 하지만 예상 공격 목표가 팽성 혹은 광릉을 벗어나지 않는다면 저들은 우리 주력 부대가 이 두 곳 중 한 곳에 집중되도록 유도한 후 병력이 취약한 쪽으로 공격 방향을 잡지 않을까 생각됩니다."

뒤이어 진등도 한 가지 계책을 올렸다.

"기왕 그렇다면 먼저 광릉에 일부 원군을 파견해 서주 최남단의 요해지를 굳게 지켜야 합니다. 어쨌든 저들도 결국에는 마수를 드러낼 것이니 그때 가서 임기응변으로 대처하는 것이 지금으로서는 최선입니다."

적황이 불명하고 아군의 가용 병력이 제한적인 상황에서는 진등의 방법이 유일한 해결책이었다. 도응은 상대가 주유라는 점에 찜찜한 마음을 지울 길이 없었지만 더는 좋은 방법이 떠오르지 않아 하는 수 없이 진등의 계책을 받아들였다.

도응은 진도에게 5천 군사를 거느리고 광릉으로 가 장광과 함께 광릉 요지를 방어하라고 명했다.

광릉에는 병력이 8천 정도 있었기에 진도의 군대가 합세하여 1만 3천 병력이면 원술의 대군이 이른다 해도 어느 정도는 버텨 주리라 판단했다.

이렇게 되면서 서주의 가용 병력은 1만이 조금 넘는 정도로 줄어들었다. 또한 도응은 노숙의 건의를 받아들여 유요의 동맹 요청을 수용하기로 결정했다.

도응 등은 원술의 공격에 대비해 시간 가는 줄 모르고 대책을 논의하다 보니 어느덧 밤이 가까워왔다. 노숙과 진등은 진도의 출정에 필요한 양초와 무기를 준비하러 먼저 자리에서 일어났다.

홀로 남은 도응은 저녁을 해결하고 공문도 처리할 겸 후당으로 발걸음을 옮겼다.

그런데 도응이 무거운 발걸음을 떼며 후당에 들어섰을 때, 그곳에는 뜻밖에 조령이 음식을 바리바리 싸들고 와 활짝 웃는 얼굴로 자신을 기다리고 있는 것이 아닌가.

"훙, 드디어 나타나셨네요. 아직 식사 전일 테니 제가 직접 만든 음식 좀 들어보세요."

도응은 놀랍기도 하고 기쁘기도 해 재빨리 의자에 앉아 조령이 차려온 음식을 맛보며 물었다.

"어떻게 또 온 것이오? 모친께서 그대 혼자 이곳에 오는 걸 허락하지 않으셨을 텐데 말이오?"

"몰래 빠져나왔죠."

조령은 생긋 웃으며 대답하더니, 도응 옆에 바짝 다가앉아 정색을 하고 말했다.

"또 하나는 나 몰래 다른 여인네를 들이지 않았을까 확인할 겸 온 것이기도 하고요."

"그럴 리가 있겠소? 그대 같은 아리따운 낭자를 두고 내 어찌 한눈을 판단 말이오."

도응은 극구 부인하며 미소를 짓고 대답했다.

그러자 조령이 콧방귀를 뀌며 말했다.

"흥, 나 하나밖에 없다면서 여접과는 왜 혼인을 한단 말이에요? 그 혼인을 무른다면 사군의 말을 믿겠어요."

"그대와 여접 외에 세 번째는 없을 것이오."

"저더러 그 말을 믿으라고요? 그럼 미정 누이는 어떻게 하고요? 미정 누이가 다시 돌아온다면 미련 없이 거절할 수 있으세요?"

미정 얘기가 나오자 도응은 그녀의 냉랭했던 표정이 떠올라 착잡한 마음을 감출 수가 없었다. 조령은 아무 대답 없는 도응의 반응에 심통이 나 쉴 새 없이 조잘거렸다.

"왜요? 미정 누이뿐 아니라 셋째, 넷째까지 들이시려고요? 내 이런 호색한을 믿고 있었다니……."

이때였다.

"잠깐만! 세 번째? 또는 네 번째?"

도응은 갑자기 무슨 생각이 났는지 자리에서 벌떡 일어나더니 후당 안을 맴돌며 혼잣말로 알아들을 수 없는 말을 계속 중얼거렸다.

조령이 무슨 일인지 물었지만 도응의 귀에는 전혀 들어오지 않았다. 이어 도응은 문 앞으로 달려가 연거푸 소리를 질렀다.

"여봐라! 빨리, 빨리 지도를 가져와라! 서주 5군의 지도는 물론 구강군의 지도까지 함께 말이다! 빨리 서둘러라!"

호위병이 재빨리 지도를 가져오자 도응은 책상을 치울 겨
를도 없어 지도를 그대로 바닥에 펼쳐 놓았다.

조령은 기민하게 촛대를 받쳐 들고 왔다. 촛대를 받아 든
도응은 원술군의 양대 집결지인 역양과 당도를 비춰 보았다.
그는 먼저 손가락으로 지도 상의 역양을 가리키며 이리저리
따져보더니 역양은 아무 문제가 없음을 확인했다.

원술이 역양에서 출병한다면 기습을 가할 수 있는 곳은 광
릉이나 강도 두 곳밖에 없었다.

그런데 도응이 다시 당도의 위치를 찾았을 때, 손가락으로
가리킬 것도 없이 도응의 눈은 구불구불한 검은색 실선을 따
라가고 있었다. 그것은 다름 아닌 '회하'였다!

도응은 손가락으로 서주를 가로질러 흐르는 회하를 따라가
다가 갑자기 등골이 써늘해짐을 느꼈다.

원술군이 만약 당도에서 회하 수로를 따라 내려간다면 속
도가 너무 빨라 전혀 대응하기 어려울뿐더러 회하 하류의 두
성지인 우이와 회음을 점령해 버리는 날에는 서주는 그야말
로 회하에 막혀 양단되고 마는 상황에 처하고 마는 것이었
다!

"허리를 절단해 우리를 포위 섬멸하려는 계획을 세우다니!
주유야, 실로 명불허전이로구나!"

도응은 이마에 흐르는 식은땀을 훔치더니 조령을 보고 만면에 미소를 띠며 말했다.

"그대 덕분에 풀리지 않던 고민거리가 말끔히 해결되었소. 그대야말로 하늘이 내게 내린 천생배필인가 보오!"

조령이 어깨를 들썩이며 입을 삐죽이자 도응은 그저 크게 소리 내 웃음을 터뜨렸다. 그러고는 곧 마음속으로 이리저리 따져보기 시작했다.

'어찌해야 할까? 장계취계를 써서 원술의 주력군을 단번에 쓸어버리는 방법이 가장 좋겠는데… 허허, 회하라. 주유야, 회하 하류가 얼마나 소름 끼치는 곳인지 네가 아직 모르고 있구나!'

이어 도응은 호위병에게 급히 명을 내렸다.

"여봐라, 진도에게 당장 나를 보러 오라고 일러라!"

＊   ＊   ＊

광릉으로 증원군을 보내기로 결정한 다음 날, 서주 대장 진도는 침과대단(枕戈待旦:무기를 베고 자며 날이 밝길 기다림)하던 5천 군사를 이끌고 남쪽으로 출병했다.

그들은 일부러 하비를 거쳐 광릉으로 내려간다며 사방으로 소문을 퍼뜨렸다. 이에 자연히 주변 제후들의 주의를 끌게 되었다.

이 소식을 접한 여포가 가장 먼저 반응을 보였다. 그는 즉각 노국(魯國)과 임성(任城) 일대에서 식량을 약탈하던 후성(侯成)과 송헌(宋憲)의 부대를 소환했다.

여포는 서주와 연결된 양도를 보호한다는 구실로 이들을 소패성에서 가까운 호륙현에 주둔시키는 동시에 비밀리에 서주군의 일거일동을 감시했다. 언제든지 손쓸 준비를 하고 있다가 서주에 변고가 일어나면 바로 기습을 가할 요량이었던 것이다.

한편 조조는 여포의 소식을 탐지하고 여포의 본거지 창읍에 집중된 주력군을 거둬들여 공격 방향을 진류현 북부와 정도로 선회했다.

이에 정도를 지키는 장막이 여포에게 구원을 요청했지만 온 신경이 서주에 쏠려 있는 여포는 일부 군대만 떼어 정도로 파견했다.

여포는 창읍에서 안병부동하며 오매불망 서주의 소식만을 기다렸다.

북해로 투신한 유비 역시 재기의 기회를 노리고 있었다. 유비는 새 주군인 공융에게 도적을 토벌한다는 구실로 급하게 그러모은 3천여 군대를 이끌고서 낭야와 북해의 접경지인 제현(諸縣)으로 출격했다.

유비는 서주와 공손찬의 무역 요로인 이 주변을 틀어막고 장비에게 토비인 것처럼 위장해 도응이 공손찬에게서 사들인 전마 3백여 필을 빼앗아오게 했다.

낭야군 수장인 윤례는 이 소식을 듣고 대로하여 친히 군사를 이끌고 북상해 유비군과 결전을 벌이고자 했다. 하지만 도응은 현재 상황에서 공융까지 적으로 만들고 싶지 않았기 때문에 유비가 영토를 침입하지 않는 이상 손을 쓰지 말라고 신신당부했다.

이로써 서주 북부에 또 하나의 시한폭탄을 남기고 마는 결과가 생겼다.

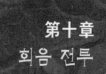

第十章
희음 전투

어쨌든 모두가 원술의 다음 행보를 지켜보는 상황에서 수춘으로 갔던 주유가 마침내 기령이 주둔한 당도에 도착했다. 주유는 도응이 마침내 광릉으로 원군을 보냈다는 소식을 듣고 책상을 치며 큰소리로 웃음을 터뜨렸다.

"하하, 이제야 네놈에게 진 빚을 갚을 수가 있겠구나. 지금까지 진 빚을 모두 다 되돌려 주마!"

몸이 근질근질했던 기령이 주유에게 급히 물었다.

"공근, 그럼 이제 출병해도 되는 건가? 주공께서도 몇 번이나 전령을 보내 출병을 재촉하셨다네. 지금 당장 움직이지 않으면 주공께 뭐라고 변명하겠나? 여봐라, 지금 바로 장수들을 소집하라!"

주유가 황급히 기령을 제지하며 말했다.

"장군, 너무 서둘지 마십시오. 우리가 적을 포위 섬멸하려면 도응이 광릉으로 파견한 5천 군대가 회하를 건널 때까지 기다려야 합니다. 노정상 이 원군은 지금 기껏해야 하상을 지났을 터이니 사나흘은 더 기다렸다가 출격해야만 합니다. 그렇지 않으면 우이나 회음에서 이들과 맞닥뜨릴 수도 있습니다. 그리되면 우리 계획은 모두 수포로 돌아갑니다."

잠시 고민하던 기령은 주유의 건의에 고개를 끄덕이고 며칠 더 진공을 미루기로 결정했다. 또한 주유는 기령에게 일지 군마를 보내 회하를 건너 거짓으로 패국의 곡양(谷陽)을 공격하는 척하여 서주군의 주의를 끌라고 권했다. 이로써 원술군의 주공 방향을 쉽사리 판단하지 못하도록 하려는 계략이었다.

이에 기령은 즉각 수천 군대를 조직해 호호탕탕하게 회화를 건너 북상하라고 명했다.

패국군에 있던 서주 척후병은 나는 듯이 이 사실을 도응에게 알렸다. 도응은 다시 한 번 장계취계를 써서 당장 죽읍으로 3천 군대를 보내 마치 원술군의 주공 방향을 모르는 것처럼 행동했다.

주유는 이 보고를 받고 광소를 터뜨리며 도응이 자기 계략에 떨어졌다고 기뻐 어쩔 줄 몰라 했다. 그러면서 친구의 복수를 할 날만을 손꼽아 기다렸다.

일반적이라면 인구가 밀집되고 물자가 풍부한 팽성이나 하비, 광릉을 공격하는 것이 정상적이다. 그런데 주유의 누구도 신경 쓰지 않는 우이와 회음 두 성지를 공격하겠다는 계략은 정말 기발했다.

일단 이 두 곳이 원술군의 손에 떨어지면 서주는 허리가 양단돼 회하 남북의 연락이 끊기고 만다.

그렇게 되면 일단 곡창 지대인 광릉이 고립무원에 처해 원술군에게 넘어갔다고 봐도 무방했다. 게다가 수군이 절대적 우위를 점하고 있는 원술군이 회하를 장악해 버리면 서주 전량의 5할과 생철 생산의 8할을 차지하는 하비 내지까지 위험에 노출된다.

절치부심하며 벼르고 벼르던 주유에게 회하 하류에서 마침내 반가운 소식이 전달됐다.

진도가 거느린 서주군이 회음에서 하룻밤을 보낸 후 회하를 건너 광릉으로 남하했다는 것이다. 이 소식을 들은 주유는 그 즉시 기령을 찾아갔다.

"장군, 이제 슬슬 움직이시지요. 먼저 우이를 취한 후 이어 회음까지 접수하여 서주 5군의 남북을 절단할 절호의 기회가 왔습니다."

기령 역시 크게 기뻐하며 즉각 명을 내렸다.

"알겠네. 여봐라, 당장 군사들을 소집하여 출동 준비하라!"

명령이 떨어지자 한 달 넘게 당도에 잠복해 있던 원술군 주력 부대가 움직이기 시작했다.

또 누선 40여 척과 몽동 백 척이 인근의 작피호(芍陂湖)에서 출동하고, 민간에서 징발한 대소 선박 2백여 척이 쏟아지자 그리 넓지 않은 회하가 배들로 빼곡하게 들어차 장관을 이루었다.

1만 5천 주력 부대가 배에 올라타 기령과 주유의 통솔 아래 돛을 올리고 출항하여 위풍당당하게 회하 하류를 향해 쇄도해 들어갔다.

이밖에 진기(陳紀), 뇌박(雷薄), 진란(陳蘭)이 거느린 대군도 육로인 회릉(淮陵)을 따라 동쪽으로 내려가며 기령 군대와 보조를 맞추었다.

때는 초여름인지라 바람이 세게 불고 우량이 충분해 회하의 유량은 크게 증가해 있었다.

일찌감치 회하의 수문(水文)과 지리에 밝은 길 안내자를 대기시킨 기령 대군은 행군 속도에 더욱 박차를 가해, 출발 당일 날 이미 구강 경내를 넘어 기세등등하게 서주 영토로 진입했다.

그리고 하루가 조금 더 걸려 첫 번째 목적지인 우이성 아래까지 당도했다.

그런데 이때 처음으로 회화 하류에 와본 주유는 갑자기 등골이 오싹해지며 가슴이 두근거리기 시작했다.

회하 하류의 지형은 그에게 익숙한 장강 하류와는 확연히 달랐다.

회하 하류는 전부 평원 지대인 데다 수로 양쪽의 지대가 매우 낮았다. 동시에 강의 유속이 비교적 완만해 강 속에 모래가 가득 쌓여 수면이 지면보다 상당히 높았다.

그리하여 오로지 둑으로 물을 막고서야 강물의 범람을 막을 수 있었다. 이것이 무엇을 의미하는지 수전 전문가인 주유는 누구보다도 잘 알고 있었다.

하지만 이미 화살은 손을 떠난 지 오래였다. 여기까지 이른 상황에서 뒤를 돌아볼 여가가 없었다. 그저 회음 쪽의 수로가 여기보다는 낫길 기도할 뿐이었다. 어쨌든 신속하게 군사를 몰아 성을 점령하는 것이 최선의 방법이었다.

적군이 쳐들어오리라고 전혀 예상 못 한 우이성 수장 맹온(孟溫)은 성문을 닫을 틈도 없이 원술군 정예병에게 성을 점령당하고 말았다. 수중에 겨우 2백여 병사를 거느린 맹온은 하는 수 없이 군사를 이끌고 투항했다. 맹온이 기령과 주유 앞에 끌려오자 주유가 그 자리에서 그를 심문했다.

"요 며칠 동안 너는 서주에서 받은 명이 있느냐? 그리고 회하 하류의 회음성에는 군사가 얼마나 되고, 수장은 누구냐?"

맹온은 목숨만 살려달라고 머리를 조아리고는 솔직히 대답했다.

"소인은 보름 동안 서주에서 아무런 전갈도 받지 못했습니다. 또 회음은 서주의 남북을 연결하는 요해지라 우이보다는 훨씬 중요합니다. 그래서 장광 장군이 그곳에 2천 군사를 주둔시키고 장광 장군의 휘하인 비장(裨將) 사염(謝炎)이 지키고 있습니다요."

"너는 사염과 친분이 있느냐? 그와 잘 아느냐 말이다?"

"사실 소인은 사 장군 휘하의 곡장(曲將)입니다. 당연히 잘 알다마다요."

이 말에 주유는 크게 기뻐하며 맹온에게 명했다.

"옳거니. 네놈이 목숨을 부지하고 싶다면 친병 30명을 거느리고 나와 함께 배에 올라 회음으로 가자. 사염을 속여 회음을 접수하는 데 공을 세운다면 네게 금은과 미녀를 하사하겠다!"

맹온은 주유의 회유에 즉시 그러겠다고 대답했다. 주유는 당장 맹온과 그의 친병을 배에 태우고 기령에게 계책을 올렸다.

"장군, 용병은 신속함을 가장 중히 여기는 법입니다. 우이에서 회음까지는 160리 길이어서 정오인 지금 출발한다면 내일 날이 밝기 전에 회음에 도착할 수 있습니다. 적이 미처 방비하지 않은 틈을 타 단숨에 회음성을 점령해야 합니다. 우이는 최소한의 병력만 남겨놓고 진기 장군 등이 도착하길 기다리면 됩니다."

수전에 익숙지 않은 기령은 뱃멀미가 나 우이에서 하룻밤 쉬고 출정할 생각이었다.

그런데 주유가 재삼 권하는 통에 하는 수 없이 고개를 끄덕이고 계속해서 배를 몰아 회음으로 남하하라고 명했다. 또한 우이에는 1천 군사만 남겨두고 진기와 뇌박 등이 이끌고 오는 후군을 기다리라고 했다.

다시 배에 올라 수십 리를 갔을 때쯤 날은 이미 어두워졌다. 뱃멀미가 심해진 기령은 큰일이 일어날 것 같지 않다는 생각에 대소사를 모두 주유에게 맡기고 선실로 들어가 휴식을 취했다.

주유가 정탐을 위해 척후선을 보냈을 때 시각은 이미 삼경에 가까워졌다. 이때 어디선가 갑자기 나타난 정보와 황개가 기함에 올라 주유와 함께 나란히 갑판에 서서 대화를 나누고 있었다.

정보가 주유에게 경고하며 말했다.

"공근, 회음 기습 작전은 취소하는 것이 어떻겠소? 자세히 봤는지 모르겠지만 회하 하류의 수문 상황이 우리에게 너무 불리하오. 강물에 모래가 많고 유속이 느린 데다 수로가 지면보다 높아 전부 둑에 의지하고 있소. 기습이 실패해 적이 상류에서 둑을 열어 물을 방류하면 배에 올라 수몰은 면할 수 있다고 해도, 오도 가도 못하게 된 대부분의 배가 하류에서 좌초돼 물고기 밥이 될 수가 있소."

주유는 한참 동안 침묵하고 있다가 입을 열었다.

"제가 회하 하류에 와본 적이 없어 이 일대의 수문과 지리가 어떤지 잘 몰랐습니다. 만약 한 번이라도 와봤다면 절대 이런 위험한 작전을 펼치지 않았겠죠. 하지만 저희는 지금 돌아갈 길이 없습니다. 이제 와 회군한다면 원술이 분명 크게 노해 저에 대한 신뢰를 거둘 것입니다. 그렇게 되면 백부의 복수를 위해 해왔던 모든 노력이 물거품으로 돌아가고 맙니다."

황개와 정보는 큰일을 위해 지금까지 치욕을 참아온 주유를 잘 알고 있기에 아무 말도 할 수 없었다. 한참 후에야 황개가 억지웃음을 짓고 말했다.

"공근의 묘계는 신출귀몰하여 도응이 제아무리 총명하다 해도 회하 하류의 이 두 성을 공격하리라고는 생성치 못했을 것이야. 얼른 회음을 손에 넣는다면 이번 싸움을 반드시 승리할 수 있다고."

주유도 스스로를 위로하며 말했다.

"맞습니다. 회음만 점령한다면 우리의 승리는 확실합니다.

회음을 손에 넣고 확고한 우위에 서서 북쪽으로는 서주의 주요 식량 창고인 하비를 초토화시키고, 남쪽으로는 고립무원에 빠진 광릉을 빼앗는 겁니다. 그런 다음 백부가 세상을 하직한 곳에서 도응 놈을 능지처참해 백부의 영령을 위로해야죠."

황개와 정보도 주유의 말에 감개가 무량해지며 이를 꽉 깨물었다.

주유는 잠시 숨을 고르더니 황개와 정보에게 웃으며 말했다.

"두 분 장군은 내일의 결전에 대비해 일찍 들어가 쉬시지요. 회음이 항장의 속임수에 넘어가지 않아 성문을 열지 않는다면 성 공격은 전적으로 장군들이 맡아야 하잖습니까?"

이에 정보와 황개도 주유에게 일찍 휴식을 취하라 당부하고 각자의 배로 돌아가 힘을 비축하며 이튿날의 대전에 대비했다. 갑판에는 주유만이 홀로 남아 밤바람 속에 멍하니 서 있었다.

달빛도 없는 밤에 회하 양안은 온통 어둠에 휩싸여 오로지 강물 흐르는 소리와 바람 소리만이 귓가에 울릴 뿐이었다. 밤이슬이 시종 미동도 없는 주유의 머리카락을 적시더니 수려한 얼굴을 따라 미끄러지며 목을 타고 흘러내렸다. 이때 밤이슬인지 눈물인지 모를 두 줄기 액체가 주유의 눈에서 스미어나와 역시나 얼굴을 따라 떨어졌다. 주유는 그제야 입가를 움직이고 울먹이는 목소리로 나직이 중얼거렸다.

"백부, 그대의 영혼으로 꼭 절 지켜주십시오."

*   *   *

주유가 간절히 기도를 올렸건만 그의 바람과 달리 회음 근처 회하의 수문 상황은 우이보다 훨씬 더 심각했다.

이 일대의 둑은 백여 년 전의 광릉태수 마릉이 수축한 것이었다. 그 백여 년 동안 대규모 수축 공사는 한 번도 진행되지 않았고, 둑에 구멍이 날 때마다 지방 관리나 현지 백성들이 임시방편으로 흙 포대나 돌멩이를 메워 보수하는 것이 공사의 전부였다.

그렇다 보니 둑 곳곳이 갈라지고 물이 새어 나와 작은 충격도 견디기 힘든 상태였다. 그래서 실제 역사에서는 4년 후 광릉태수로 부임하는 진등이 대대적인 수리 공사를 거쳐 이 일대에 30여 리에 이르는 둑을 쌓기도 했다.

게다가 현지 농민들이 농경지에 물을 대기 위해 방대한 인공호인 피호(陂湖)를 만들어 물을 저장해 놓는 통에 회하의 유속이 느려지고 수면이 높아지는 결과를 초래했다. 이로 인해 이 일대의 둑은 거대한 시한폭탄과 다름없었다.

이를 보고 주유는 등골이 오싹해짐을 느꼈지만 돌이키기

에는 이미 늦었다. 그나마 다행히 원술군이 여명이 밝기 전에 회음에 도착한 덕에 서둘면 적을 속여 성을 빼앗을 수 있을 거라 생각했다. 이에 주유는 즉각 기령을 도와 공성 계획을 수립했다.

먼저 항장 맹온과 친병 30명을 회음 서문으로 보내 거짓으로 성문을 열게 한 후, 1천 정예병을 이끌고 뒤따라가는 황개와 정보가 야색을 틈타 성문이 열리면 바로 성 안으로 돌진해 들어가 단숨에 회음성을 접수하기로 했다.

정보와 황개가 항병을 이끌고 떠나자 원술군 선대는 등을 모두 끈 채 회음성과 5리 떨어진 회하 남안에 배를 대고 회음 기습 소식을 기다렸다.

배가 풍랑에 요동치자 심하게 뱃멀미를 느낀 기령은 육지에 올라 휴식을 취하고 싶은 마음이 간절해졌다. 이에 잠시만 기다려 보자는 주유의 권유를 무시한 채 불쾌한 어투로 말했다.

"나는 제로(齊魯) 사람이네. 자네처럼 물에 익숙지 않아 잠깐 짬이 날 때 배에서 내려 좀 쉬어야겠네. 안 그러면 이따가 어찌 전투를 치르겠나?"

주유는 하는 수 없이 기령을 따라 배에서 내리고 대장기를 회하 남안 둑으로 옮겼다. 기령은 육지에 발을 딛자 몸이 이루 말할 수 없이 편안해짐을 느꼈다. 그 김에 아예 전군에게 모두 배에서 내려 너른 개활지에 대오를 집결하라고 명했다. 주유가 서두를 필요 없다고 재삼 권유했지만 기령은 외려 불만을 토로했다.

"공근, 고생하는 군사들 입장도 좀 생각해 주게. 대부분이 남양병(南陽兵)인 내 휘하의 군사들은 수전에 익숙지 않아 뱃멀미를 심하게 겪고 있네. 그러니 잠깐이라도 숨 돌릴 틈을 줘야 할 것 아닌가? 게다가 아직 날이 밝지 않아 회음성 쪽에서는 우리가 보이지 않을 것이야."

그러고는 전군에게 육지에 올라 둑 아래에 집결해 대기하라고 명했다.

며칠 동안 배 위에서 고생만 하던 병사들은 명령이 떨어지자마자 무기를 들고 당장 육지로 내려왔다. 지휘권이 없는 주유로서는 이를 막을 방법이 없어 그저 하늘만 살필 뿐이었다.

다행히 지금은 날이 밝기 전 마지막 어둠에 휩싸인 때라 5리 밖 회음성의 적군에게 들킬 염려는 없어 보였다. 그제야 주유는 안도의 한숨을 내쉬었다.

이어서 주유는 경계하는 눈빛으로 강물을 바라보았다. 지금은 초여름이라 강물이 불어날 시기이지만 요 며칠 상류에서 폭우가 내리지 않아 강물과 둑과의 높이 차는 그래도 2자는 돼 보였다.

누군가 일부러 손을 쓰지 않는 한 둑이 저절로 무너질 염려는 거의 없었다.

비슷한 시각에 항장 맹온은 친병 30명을 이끌고 회음성 서문 밖에 당도해 해자 앞에서 성을 향해 큰소리로 외쳤다. 정보와 황개가 거느린 정예병들은 뒤쪽 나무와 바위 뒤에 숨어 긴장된 표정으로 성 안의 반응을 기다렸다.

맹온의 외침에 성 위에서는 마침 회음 수장인 사염이 하품을 하면서 나와 큰소리로 물었다.

"누가 성 밖에서 시끄럽게 떠드는 것이냐? 당장 이름과 관직을 밝혀라!"

"사 장군, 저 맹온입니다. 장군의 곡장인 맹온 말입니다."

이어 맹온은 횃불을 들어 자기 얼굴을 비추고 사염에게 다시 큰소리로 외쳤다.

"사 장군, 우이에 변고가 생겼습니다. 원술군이 갑자기 들이닥치는 통에 말장은 수하 2백 명으로는 적을 당해낼 수 없어 친병 몇 명만 데리고 급히 성을 빠져나왔습니다."

"뭐? 우이를 잃었다고?"

사염은 대경실색하며 뒤를 돌아보고 다급한 목소리로 외쳤다.

"여봐라, 빨리 다리를 내려라. 맹온, 잠시만 기다려라. 내 곧 다리를 내려주겠다."

이 말에 어두컴컴한 뒤쪽에 몸을 숨기고 있던 황개와 정보는 회심의 미소를 지었다.

그런데 이때 덜컥 하는 소리와 함께 천천히 내려오던 다리가 그만 공중에서 멈춰 버렸다. 성 안에서는 한 병사의 커다란 외침이 울려 퍼졌다.

"사 장군, 큰일 났습니다. 도르래가 걸린 모양입니다!"

다 된 밥에 재 뿌리는 상황이 발생하자 정보와 황개는 답답한 마음에 가슴을 연신 쳐댔다.

이 보고를 받은 사염은 큰소리로 병사들에게 욕을 퍼부었다.

"이 게을러터진 놈들아! 평소에 성벽이나 성문 수리도 제대로 안 하더니 이제는 다리까지 말썽인 게냐! 빨리 수리하지 않으면 군법으로 다스리겠다!"

다리를 관장하는 병사가 쩔쩔매며 대답하고는 급히 도르래 수리에 들어갔다.

정보와 황개는 이마에 흐르는 땀을 닦으며 다리가 빨리 수리되기만을 기다렸다.

그런데 이때 사염이 갑자기 맹온의 뒤쪽을 가리키며 크게 소리쳤다.

"맹온, 네 뒤에 있는 군사들은 어디서 온 자들이냐?"

이 말에 맹온은 돌연 얼굴색이 변하며 친병 30명과 함께 머리를 감싸고 줄행랑을 놓았다.

사염은 성 안의 병사들에게 일제히 화살을 날리고 징을 쳐 경고를 알리라고 명했다. 황개와 정보는 적에게 매복을 들킨 것을 알고 발만 동동 굴렀다.

이에 하는 수 없이 전군에 공격 대형을 갖추라고 명하고, 일부 병사는 선대로 돌려보내 기령과 주유에게 다급한 소식을 알렸다.

이때 회음성 성루 위에서는 사염 곁으로 한 장수가 위풍당당하게 다가가고 있었다.

그는 바로 진도였다. 사염이 그를 보고 미소 짓더니 물었다.

"진 장군, 그대의 예상대로 맹온이 정말 적에게 투항해 적군을 이끌고 왔구려. 그런데 맹온이 서주를 배반한지 어찌 알았소?"

진도도 사염을 보고 웃음을 띠며 대답했다.

"따지고 보면 별것 아닙니다. 원술군이 회음으로 쳐들어오려면 반드시 우이를 거쳐야 합니다. 맹온이 만약 투항하지 않고 우이 함락 소식을 알리려 육로를 택했다면 수로를 통해 진군하는 적보다 절대 빨리 당도할 수 없습니다. 또한 수로로 도망쳤다면 회음성 북쪽에 나타나야 정상인데 하필 개활지인 서문으로 와 소리를 질렀겠습니까. 따라서 그가 적에게 투항해 적과 함께 왔을 가능성밖에 남지 않습니다."

사염은 그제야 무슨 말인지 알아듣고 고개를 끄덕였다. 진도가 다시 사염에게 말했다.

"사 장군, 회음에서 아무런 준비도 없었던 것처럼 서두는 모습을 보여 적이 대대적으로 성을 공격하도록 유인하십시오. 참, 서문에 반쯤 걸려 있는 다리도 급히 올리지 마십시오. 그래야 적을 유인하는 데 도움이 됩니다."

사염은 진도의 말에 따라 허둥대는 척하며 군대를 지휘했다. 일부러 징과 북을 함께 치며 성 위로 군사를 소집하고 기치를 어지럽게 꽂아두었으며 수성 무기도 거의 없는 것처럼 꾸몄다. 또한 군사들에게 성 위를 마구 뛰어다니며 소리를 지르게 해 적에게 마치 아무런 준비도 없는 것처럼 보이게 했다.

이를 지켜보던 정보와 황개는 정말로 성 안에 전혀 대비가 없다고 여겨 주유와 기령에게 계속 전령을 보내 즉각 대군을 이끌고 성을 공격하라고 재촉했다.

처음에 기령과 주유는 맹온을 통해 성문을 열려던 작전이 실패했음을 알고 발만 동동 굴렀다.

그런데 이어 연달아 황개와 정보에게서 전령이 달려와 이들에게 고했다.

"두 장군께서는 마음 놓으십시오. 회음성 안에 아무런 대비도 되어 있지 않고 군사도 얼마 없어 수장 사염이 허둥대고만 있습니다. 지금이 바로 성을 공격할 적기입니다."

주유가 고개를 갸웃하며 물었다.

"정말로 아무런 준비도 없다더냐? 그럴 리가 없을 텐데……."

하지만 기령은 이 말에 크게 고무되어 벌떡 일어나 큰소리로 외쳤다.

"당장 출발한다! 전군은 회음성을 포위하고 사염이 채 준비를 갖추기 전에 성을 빼앗는다!"

아무래도 이상한 느낌이 든 주유가 잠시만 더 기다려 보자고 권했지만 기령은 총총히 둑을 내려왔다. 이에 주유도 하는 수 없이 기령의 뒤를 따랐다.

기령이 부리나케 1만 주력군을 이끌고 회음성 아래로 달려갔을 때, 날은 이미 환히 밝아 있었다.

저 멀리 회음성에는 낡은 다리가 공중에 반쯤 걸려 있었고, 성 안으로는 어지럽게 꽂혀 있는 깃발과 크게 놀란 서주 군사들이 보였다. 기령은 자신감이 배가해 그 자리에서 당장 군사를 나눠 회음성 공격에 들어갔다.

부장 순정(荀正)에게는 3천 군사를 이끌고 남문을 공격하라 명하고, 이풍(李豐)에게는 2천 군사로 동문을 공격하도록 했다. 그리고 기령 자신은 친히 서문 밖에 진을 치고 정보와 황개를 선봉으로 삼아 맹공을 퍼부었다.

전고가 시끄럽게 울리며 원술군 병사들은 포대와 돌로 쫌고 얕은 해자를 메우고, 또 다리를 놓아 해자를 건너거나 비교를 멀리 성벽에 걸치고 기어오르기 시작했다.

그런데 뜻밖에 회음성의 반격이 만만치 않았다. 원술군 병사가 다가오자 성벽 위에서는 일제히 궁노가 날아오고 돌이 비 오듯 쏟아졌다.

이에 마음 놓고 성을 공격하던 원술군은 사상자만 속출한 채 성벽을 돌파하지 못했다.

기령은 부득이하게 신속히 공성 전술을 전환했다. 먼저 방패 부대를 앞에 세우고 궁노수를 그 뒤에 따르게 해 성 안의 화살을 견제한 다음 해자를 메워 성에 한 걸음씩 다가가는 정상적인 공격 방법을 택했다.

하지만 회음성 안에서 화살이 비 오듯 쏟아지는 통에 해자를 메우러 갔던 병사들은 사상자만 낸 채 임무를 완수하지 못했다.

회음성 남문과 동문 역시 상황은 마찬가지였다. 서주 병사는 진용이 전혀 어지러워지지 않은 채, 고지를 점한 우세를 바탕으로 적에게 심하게 피해를 입히고 있었다.

이 광경을 지켜보던 주유는 마음이 초조하고 불안해지기 시작했다. 그러나 기령은 외려 큰소리로 욕을 퍼부었다.

"사염, 네 이놈아! 회음성을 점령한 후 네놈을 갈기갈기 찢어발겨 죽이고 말 테다! 운제를 가지러 간 병사는 아직 오지 않은 것이냐? 운제만 도착하면 네놈의 목숨은 이제 끝장이다!"

그러자 곁에 있던 장수 하나가 조심스럽게 입을 열었다.

"장군, 사염의 수성이 단단해 계속 강공을 펼치다가는 손실만 더 커질까 걱정입니다. 어쨌든 아군에게는 시간이 있고 치중도 충분하니 잠시 공격을 중지하는 게 좋겠습니다. 공성 무기가 갖춰지고 성을 공격해도 늦지 않습니다."

기령 역시 공성 무기가 준비되기 전에는 성을 공략하기 어렵다는 판단 아래, 내키지는 않았지만 고개를 끄덕이고 분부를 내렸다.

"당장 징을 울려라. 잠시 군대를 물려 회음 서북쪽에 영채를 차리고 공성 무기가 준비되는 대로 다시 공격에 들어간다."

"장군……."

주유가 말을 꺼내려고 하자 기령이 언짢은 기색을 보이며 소리쳤다.

"입 닥쳐라! 내 휘하의 이 군대는 나를 따라 십수 년 간 남정북전(南征北戰)한 장사들이다. 절대 군대를 거두는 일 따위는 없을 것이다!"

그러더니 기령은 뭇 장수들을 데리고서 그대로 자리를 떠버렸다. 홀로 남은 주유는 그 자리에서 한참 동안 서서 애매한 표정으로 북쪽 둑만 응시하고 있었다.

기령이 수하 장수들을 거느리고 주유 곁을 떠나는 것을 본 정보와 황개가 서둘러 주유에게 달려왔다. 오른 팔뚝에 화살을 맞아 피투성이가 된 황개가 낮은 목소리로 주유에게 말했다.

"공근, 상황이 심상치 않소. 아무래도 적의 계략에 떨어진 것 같소. 회음성 안의 적들은 절대 대비가 없었던 것이 아니라 일부러 허둥대는 모습을 보여 우리가 성을 공격하도록 유도한 것이오."

사실 주유도 이 점이 마음에 걸려 계속 찜찜한 기분을 지울 수가 없었다. 이에 당장 황개에게 물었다.

"황 장군은 그걸 어찌 아셨습니까?"

"방금 전 성 안에 궁노수가 많지 않은 것을 확인했는데 우전은 비 오듯 쏟아지는 것이 아무래도 수상하단 생각이 들었소. 그래서 위험을 무릅쓰고 비교를 기어올라 성벽 가까이 다가갔는데, 성가퀴 뒤쪽에 일부 군사가 모습을 드러내지 않은 채 돌아가면서 연신 화살을 날리는 것 아니겠소!"

이 말에 주유가 대경실색하며 물었다.

"혹시 잘못 보신 건 아닙니까?"

황개는 피가 계속 흐르는 오른 팔뚝을 들어 보이더니 확신에 찬 어조로 대답했다.

"절대 아니오. 거기에 정신이 파느라 잽싸게 몸을 피하지 않았다면 얼굴에 화살을 맞을 뻔했소."

순간 주유의 얼굴이 백짓장처럼 창백해지며 가슴까지 두근두근 뛰기 시작했다. 마음속으로는 오로지 한 가지 생각밖에 들지 않았다.

"회음성 안에 충분한 방어 능력을 갖추고 있었으면서도 왜 일부러 혼란에 빠지고 허둥대는 것처럼 보인 것일까? 맹온이 성문을 열어달라고 했을 때, 다리가 고장 난 것이 정말 우연일까? 설마……?"

여기까지 생각이 미친 주유는 감히 더는 생각을 이어가지 못했다. 다리가 부들부들 떨려 서 있기조차도 힘들었다. 심장이 멎을 것 같은 기분이 든 주유는 머릿속이 새하얘졌다. 이어 그는 바닥에 엎드려 땅바닥에 귀를 대고 유심히 귀를 기울였다.

"공근, 대체 뭘 하는 거요?"

정보와 황개가 어안이 벙벙해져 물었다. 그런데 이 말이 채 끝나기도 전에 주유는 몸을 벌떡 일으키더니 왼손으로는 정보를, 오른손으로는 황개를 끌고 북쪽 둑 높은 곳을 향해 무작정 달리기 시작했다.

"공근, 공근, 왜 이러시는가?"

정보와 황개가 의아해 다시 묻기가 무섭게 이들도 발아래 지면이 미미하게 흔들리는 것을 느꼈다. 이때 회하 상류에서 미약하게 들려오던 천둥 같은 소리가 점점 가까워지더니 만 마리 말이 짓쳐 달려오듯 지축을 뒤흔들었다. 고막을 찢을 듯한 굉음에 정보와 황개는 즉각 사태를 파악하고 주유와 함께 재빨리 고지대를 향해 내달렸다.

이들이 도응의 간계에 또 속았다고 이를 바득바득 갈았지만 이미 때는 늦었다.

혼탁한 회하 강물은 마치 기다란 뱀처럼 쏴쏴 소리를 내며 회음성 서문 쪽에 진을 친 원술군을 덮쳤다. 물살은 세지 않았지만 속도가 대단히 빨라 눈 깜짝할 사이에 회음성 아래까지 들이쳤다.

강물이 갑자기 쏟아지자 원술군 병사들은 혼비백산이 돼 앞다퉈 고지대를 향해 달아나기 시작했다. 그러나 빠른 물살은 인력으로 어찌할 수 없는 것이었다.

순식간에 목까지 차오른 강물에 무수한 원술군 병사들이 휩쓸려 가고, 거센 파도 속으로 자취를 감춰 버렸다.

다행히 일부 군사는 고지에 올라 수마를 피했지만 급속한 물살에 여기저기서 살려달라고 울부짖는 비명 소리가 끊이지 않았다.

각각 회음성 남문과 동문을 공격하던 순정과 이풍의 부대도 갑자기 들이친 홍수에 휩쓸려 미처 손을 써보지도 못하고 많은 병사들을 잃었다.

이로써 원술 휘하의 최정예 부대인 기령 대군은 회하에 의해 태반이 떠내려가고 말았다.

한편 서주군이 회하 둑을 무너뜨림에 따라 강물의 수위도 급속하게 낮아지기 시작했다. 이에 양초와 치중을 가득 실은 원술군 선대도 화를 면하지 못하고 잇달아 가라앉고 말았다.

거대한 누선 40척은 무게를 이기지 못한 채 여울에 모두 좌초되었고, 몽동과 민간 선박들 역시 대부분 물속에 가라앉거나 옆으로 넘어져 버렸다.

단지 작은 배들만이 화를 면해 낮은 물에 둥둥 떠다닐 뿐이었다.

요행히 회하 둑 고지대로 피신한 주유는 한숨을 돌리자 도웅의 악랄한 수단에 다시 한 번 치를 떨었다.

아니, 자신의 땅에서 수공을 펼치는 무모한 자가 세상에 어디 있단 말인가!

사실 주유는 수공을 예상하고 있었다. 하지만 아무리 승리가 중요하다고 해도 이런 짓까지 벌일 줄 전혀 생각지 못했던 탓에 주유의 분노는 한층 더 격화되었다.

그런데 이때 그의 머릿속으로 한 가지 생각이 스치고 지나갔다.

'가만, 도웅처럼 간악한 놈이 이를 정말 몰랐을까? 회하의 둑은 오랫동안 보수하지 않아서 굳이 무너뜨리지 않아도 여름에 홍수가 나면 저절로 무너질 가능성이 높아. 그렇게 되면 회음은 어차피 물바다를 면할 수가 없어. 회음 일대는 땅은 넓은데 인구가 적어서 도응이 둑을 무너뜨려도 기껏해야 회음 주변의 농지만 침수돼 올해 회음의 식량 생산량만 줄어든단 말이야. 그렇다면 도응이 노린 건 뭘까? 맞다, 우리가 가져온 전량이 있었지! 그 전량이면 흉작에 빠질 회음의 수확량보다 많다고 생각한 것이야!'

주유는 여기까지 생각이 미치자 주먹으로 땅을 치며 큰소리로 부르짖었다.

"도응 이놈! 네놈보다 간악한 자는 세상 어디에도 없을 것이다!"

사실 회하는 그리 크지 않은 강이다. 따라서 회하와 작피호의 둑을 한꺼번에 무너뜨렸다고 해도 홍수가 최고 수위에 이르러 봐야 여덟아홉 자(한 자는 23센티미터)밖에 되지 않는다. 그리고 홍수가 정점을 지나면 수위는 일반인의 가슴 높이 정도인 여섯 자 전후로 점점 낮아진다.

하지만 수마가 휩쓸고 간 회음 대지는 만신창이가 따로 없었다.

나뭇가지나 잡초, 동물 시체, 관목 등 강물 속에 있던 각종 부유물들이 그대로 육지로 밀려들었을 뿐 아니라 미처 대비를 하지 못하고 있다가 갑작스레 수몰된 원술군의 시체가 물에 퉁퉁 불어 떠내려 왔다. 이 광경은 차마 눈 뜨고 보지 못할 만큼 처참했다.

홍수의 수위가 높지 않은 관계로 다행히 살아남은 원술군 병사도 삼분의 일이나 되었다.

이들 중 일부는 둑 위로 달아났고, 대부분은 홍수를 피해 구릉이나 토산 등 고지대로 흩어져 도망쳤다. 하지만 무기와 치중 대부분을 잃은 이들은 이미 전의를 상실하고 사기는 붕괴 직전에 이르렀다.

이에 회음 군사들이 손쓸 필요도 없이 원술군 대오는 저절로 무너지기 시작했다.

이들은 아직 침몰되지 않은 소형 선박들을 먼저 차지하기 위해 자기편끼리 서로 죽고 죽이는 싸움을 벌였다. 다행히 둑으로 몸을 피한 기령은 이 광경을 바라보면서도 달리 손쓸 방도가 없었다.

하지만 원술군의 불행은 여기서 끝이 아니었다.

홍수가 지나가고 물살이 약해지자 진도는 즉각 작은 배와 뗏목 10척을 띄워 각 배에 군사 백 명씩 올라타 홍수에 포위돼 뿔뿔이 흩어진 원술군 패잔병을 소탕하라고 명했다. 그런 다음 친히 3천 군사를 거느리고 북문을 나왔다.

그가 배를 타고 돌진해 들어가는 곳은 바로 기령이 몸을 피한 둑이었다.

둑 위에서 서주군이 몰려오는 것을 본 기령은 노기충천해 직접 친병 백여 기를 이끌고 적군을 접응하러 달려갔다.

홍수와 강물에 포위된 둑 위쪽은 길이 비좁아 쌍방이 기마 교전을 벌이기 어려웠다.

이에 기령과 진도는 칼을 들고 걸어서 앞으로 출진했다. 두 장수가 대치하자 진도가 먼저 칼을 뽑아 들고 기령을 가리키며 큰소리로 외쳤다.

"기령 필부 놈아, 내 칼에 목숨을 잃기 전에 빨리 무기를 버리고 투항해라!"

그러자 기령이 침을 퉤 뱉고 충혈된 눈으로 크게 소리쳤다.

"비겁한 술책으로 내 군사를 몰살시킨 네놈을 오늘 꼭 죽이고 말리다!"

그러더니 기령은 성큼 앞으로 다가가 진도를 향해 칼을 휘둘렀다.

진도는 몸을 뒤로 빼 이를 가볍게 피하고 반격의 검을 날렸다. 기령은 장신에 힘이 장사라 그 기세가 산을 무너뜨릴 정도로 위력적이었고, 반면 당당한 체구의 진도는 몸놀림이 민활해, 날렵하게 기령의 칼을 피하며 반격을 가했다.

기령과 진도는 오십 합을 겨뤘지만 승부가 나지 않았다.

이때 진도 뒤에 있던 서주 군사들이 와 하고 함성을 지르며 달려들자 기령을 둘러싸고 있던 백여 친병은 중과부적을 깨닫고 잇달아 무기를 버리고 달아나기 시작했다.

진도와 끝장을 보려던 기령도 형세가 불리해지자 마음이 산란해져 급히 몸을 빼 달아나 버렸다. 이에 진도가 군사를 휘몰아 이들의 뒤를 바짝 추격했다.

기령이 쫓기는 것을 본 부장 이풍은 재빨리 2백여 군사를 이끌고 진도의 길목을 막아섰다.

그는 기령에게 빨리 도망치라고 소리친 후 칼을 휘두르며 진도에게 달려들었다. 하지만 애석하게도 그는 진도의 상대가 아니었다. 오 합이 채 되지 않아 이풍은 진도의 칼에 가슴을 관통당하고 말았다.

서주군의 끈질긴 추격에 기령은 회하 기슭까지 이르렀다. 막다른 길목에 몰린 데다 물을 무서워하는 기령은 하는 수 없이 강가를 따라 황급히 달아나기 바빴다.

일촉즉발의 위기의 순간에 기령은 홀연 상류에서 아군 배 한 척이 내려오는 것을 보았다. 배 위에 탄 사람은 다름 아닌 주유와 정보, 황개 세 사람이었다.

사지에서 원군을 만난 기령은 크게 기뻐하며 큰소리로 외쳤다.

"공근, 얼른 나 좀 구해주게! 빨리, 빨리 배를 강가에 좀 대게나!"

이 외침을 들은 황개가 주유에게 물었다.

"공근, 어쩔 셈이오? 구할 거요, 말 거요?"

그러자 정보가 말을 가로챘다.

"그냥 갑시다! 위험을 무릅쓰고 구해봤자 어디 쓸데도 없잖소? 이번 전쟁에서 대패했으니 원술도 다시는 중용할 리 없을 테고 말이오."

주유가 곰곰이 생각해 보다가 입을 열었다.

"반드시 구해야 합니다. 기령을 원술 앞에서 방패막이로 써먹어야 하니까요. 게다가 기령은 원술의 심복이라 그리 쉽게 내치지는 못할 테니 이용 가치가 충분합니다. 두 장군은 얼른 배를 강가에 대십시오."

정보와 황개는 주유에 대한 신심이 깊은 터라 군말 없이 강가 쪽으로 노를 저었다.

기령은 이를 보고 환한 웃음을 짓더니 급히 배를 향해 몸을 날렸다.

뒤따라온 서주 군사들이 화살을 날려봤지만 정보와 황개가 막고 있는 방패를 뚫지는 못했다.

주유도 서둘러 노를 저어 회하 하류 쪽으로 내려가자 서주 군사들은 눈만 멀뚱멀뚱 뜬 채 이들이 달아나는 모습을 지켜볼 뿐이었다.

원술군 장사들은 기령이 무리를 버리고 달아나는 모습을 보자 싸울 마음을 완전히 상실해 잇달아 무기를 버리고 땅에 엎드려 투항했다.

한편 험준한 지형에 의지해 완강히 버티던 일부 원술군은 서주군의 칼과 화살에 모두 목숨을 잃었다. 물속에 뛰어들어 목숨을 건진 일부 군사는 상류로 달아나 후군에게 대패 소식을 알렸다.

이번 전투로 서주군은 무수한 전량과 무기, 치중을 노획했을 뿐 아니라 여울에 얕게 가라앉은 누선 40척과 몽동 백 척까지 손에 넣은 대전과를 올렸다.

회음 전투가 끝난 후 기령 휘하의 1만 5천 정예병은 전멸을 면치 못했다.

우이로 살아 돌아온 병사는 채 5백 명이 되지 않았고, 포로로 잡힌 군사는 3천이 넘었다.

육로를 통해 동진하던 진기와 뇌박, 진란은 회음에서 도망쳐 온 병사에게서 이 소식을 듣고 깜짝 놀라 사기가 충천한 서주군과 결전을 벌일 엄두를 내지 못했다.

이에 홍수로 길이 막혔다는 구실로 우이성에 들어앉아 나올 생각을 하지 않았다.

하지만 남의 영토에 마냥 눌러앉아 있을 수는 없었기에 즉각 수춘에 전령을 보내 위급함을 알리고 다음 명을 기다렸다.

한편 둑을 무너뜨려 원술군을 전멸시킨 진도와 사염은 즉시 북쪽 팽성을 향해 대승을 알리는 전령을 보내고, 또 조금이라도 빨리 알리는 것이 이롭겠다고 여겨 아예 팽성으로 전서구까지 띄웠다.

第十一章
북방의 적을 속이다

　전서구는 당연히 기마보다 빨라 단 이틀 만에 서주성으로 회음의 승전 소식이 전해졌다. 낭보를 전해 듣고 기뻐하는 도응은 마침 또 한 가지 신식 무기를 준비 중이었다.

　그것은 바로 '풍우전(馮羽箭)'이었다. 오매불망하던 풍우전의 대량 생산이 가능해지자 도응이 오래전부터 준비하고 양성했던 보병 부대 풍우군(馮羽軍)은 마침내 같은 이름의 무기를 갖출 수 있게 되었다.

　풍우전의 구조는 사실 매우 단순했다. 쓰임새 역시 일반 화살과 전혀 다르지 않았다. 다만 화살에 깃털이 달리지 않았고, 화살 뒤쪽 끝에 움푹 들어간 홈을 파 와류(渦流)의 저항력을 갖게 하여 화살이 안정적으로 날아갈 수 있게 만든 것이다.

별것 아닌 것처럼 보이는 이런 작은 개량은 엄청난 효과를 가져다주었다.

우선 조류의 깃털은 값이 비쌀뿐더러 한 번 손상되면 원상복구가 불가능해 더 이상 사용가치가 없었다. 또한 깃털을 붙이는 데 들어가는 부레풀과 갖풀, 아교의 비용도 만만치 않았다.

하지만 풍우전은 제조 원가가 매우 낮을 뿐 아니라 제조 시간이 절약되고 지속적인 생산이 가능했다.

이로써 서주 군대는 화살을 아끼지 않고 마음껏 사용할 수 있는 기회를 얻었다. 게다가 풍우전은 사정거리까지 한층 더 높여주었다.

물론 풍우전에도 치명적인 약점이 존재했다. 그것은 바로 제조 정밀도에 대한 요구가 상당히 높다는 것과 함께 화살을 쏠 때 균형을 유지하는 효과가 우전만 못했다는 것이다.

그래서 서주군은 수천 번에 걸친 반복된 실험을 통해 마침내 풍우전의 가장 이상적인 홈의 규격을 찾아냈다. 이어 풍우전 제작에 능통한 장인을 배양하고, 풍우전 생산을 전문적으로 감독하는 부서까지 설치했다.

또한 풍우전은 사격 적중률이 우전보다 떨어졌기 때문에
도응은 고심 끝에 1천 5백 명으로 확대 편성된 군자군은 전처
럼 우전을 사용하고, 다른 부대는 우전과 풍우전을 혼용하며,
궁노병으로 단독 편성된 풍우군만 전적으로 풍우전을 사용하
기로 결정했다.

도응은 강궁에 풍우전을 얹어 원거리 사격이 가능해지고,
예전 진(秦)나라 궁노병들이 사용한 세 발 연사 기능까지 갖추
게 된다면 전투에서 값이 싸고 제작이 용이한 풍우전을 비 오
듯 날려 단점을 보완할 수 있겠다고 생각했다.

규격화된 풍우전의 대량 생산이 가능해졌을 때, 마침 진도
가 보낸 전서구가 기령 대군을 전멸시켰다는 소식까지 가져오
자 도응은 더없이 기쁜 마음에 큰소리로 웃음을 터뜨렸다. 이
어 그는 진도와 사염 등 공을 세운 장사들에게 상을 내리라고
명한 후 말했다.

"하하, 이번 대승으로 이제는 발 뻗고 잠을 잘 수가 있겠구
나. 호시탐탐 서주를 노리던 북쪽의 적들도 이제 함부로 날뛰
지 못할 것이야!"

그러자 진등이 차분한 목소리로 도응에게 경고했다.

"주공, 안심하기에는 아직 이른 듯합니다. 회음 대첩으로 북
방의 적들이 서주 5군을 함부로 엿볼 수 없게 만들 수는 있겠

지만 그들이 순순히 말을 듣는다거나 말썽을 피우지 않는다
고 장담하기는 어렵습니다."

도응은 영문을 몰라 진등에게 물었다.

"원룡, 그게 무슨 뜻이오? 아군이 회음에서 대승을 거둬 남
쪽 전선의 압력이 크게 감소하고 앞뒤로 공격받을 위험도 사
라졌는데, 북쪽의 적들이 가만있지 않다니요?"

"외람된 말씀이지만 주공께서는 지금 '지자천려, 필유일실'
의 우를 범하고 있습니다. 원술이 어떤 위인인지 모르시는군
요. 원술은 속이 좁아 하찮은 원한이라도 반드시 갚고 마는
자입니다. 이런 자가 회음에서 큰 손실을 입었는데 조용히 물
러날까요? 물론 원술이 군대를 총동원해 쳐들어오는 것쯤이
야 두렵지 않지만 북방의 적들이 이 기회를 노리고 말썽을 피
우면 어떡하시겠습니까?"

진등의 설명을 듣고 곰곰이 생각에 빠진 도응은 자신이 사
태를 지나치게 낙관했음을 깨달았다.

아군이 기령의 정예병을 섬멸한 것은 단지 원술의 팔 하나
를 자른 것에 불과했다.

오합지졸이라고는 하지만 원술 휘하에는 방대한 대군이 건
재했다. 원술이 이 군대를 총동원하면 자신도 주력군을 출동
시켜야 승산이 있었다.

이리하여 주력군이 남하한다면 가장 먼저 여포가 손 놓고

있을 리 만무하지 않은가.

이런 우려가 들자 도응은 진등에게 다시 물었다.

"원룡, 사태를 이 정도까지 파악하고 있다면 분명 해결책도 가지고 있을 듯한데……."

진등이 조용히 미소를 지으며 말했다.

"그건 그리 어렵지 않습니다. 주유가 불시에 회하 수로를 따라 진격했기 때문에 지금 북쪽의 적들은 원술군이 회하로 쳐들어갔는지도 모르는 상황입니다. 하지만 우리는 전서구로 이미 회음의 승전 소식까지 전해 들었습니다. 이런 시간 차를 이용하면 문제를 쉽게 해결할 수 있습니다. 또 원술이 전 병력을 동원해 팽성을 공격하든, 광릉을 공격하든 일단 진기가 거느린 6만 대군이 돌아와야만 작전을 펼치는 것이 가능합니다. 따라서 우리로서는 임기응변할 시간을 어느 정도 번 셈입니다. 이때 여포나 조조, 유비를 한꺼번에 속이면 됩니다."

"그게 대체 무슨 방법이오?"

도응은 다급한 마음에 진등의 손까지 덥석 잡고 물었다.

"잘 알고 계시지 않습니까? 아군 정보를 정탐하기 위해 유비가 서주성 안에 심어놓은 자가 누군지 말입니다. 또 여포도 연락을 편히 한다는 구실로 사자인 허사를 서주성에 눌러 앉혔습니다. 하여 이들에게 눈이 번쩍 뜨일 만한 정보를 제공한다면……."

*   *   *

그날 밤, 안분지족하며 조용히 살아가던 미축에게 갑자기 특별한 초청장이 날아들었다. 신임 서주자사 도응이 다음 날 아침 동문 연병장에서 거행되는 풍우군 창설 행사에 참석해 달라는 것이었다.

미축은 당연히 가고 싶지 않았지만 도응의 관원이 재삼 권하는 통에 마지못해 참석하겠다고 대답했다.

이튿날 아침, 미축은 눈살을 찌푸리며 동문 연병장으로 향했다. 그런데 그 자리에서 뜻밖에 여포의 사신 허사를 보게 되었다.

그가 이곳에 왜 왔는지 의문을 가지고 바라보던 차에, 같은 생각을 품은 허사가 다가와 미축에게 인사를 건넸다. 둘은 형식적인 인사를 나누고 도응이 대체 무슨 꿍꿍이로 자신들을 이곳에 불렀는지 의심을 품기 시작했다.

군사기밀을 목숨처럼 소중히 여기는 그가 자신들이 빤히 지켜보는 앞에서 왜 이를 드러내려는 것일까? 혹시 이 안에 다른 음모나 속임수가 숨겨져 있는 것은 아닐까?

1천 2백 명으로 조직된 풍우군의 창설 행사는 작년 군자군 창설 때와 별반 다르지 않았다.

서주자사가 앞으로 나와 충군애국 따위의 상투적인 연설을 늘어놓는 것으로 시작되었다. 물론 그 1년 사이에 서주자사가 바뀌었지만 말이다.

도웅은 진등이 준비한 장문의 연설문을 다 읽고 난 후, 사람들이 지켜보는 앞에서 풍우군에게 진용을 갖추고 실전 연습을 실시하라고 명했다.

명을 받은 서성이 깃발을 흔들자 모의 행군하던 풍우군 대오는 즉각 한쪽에 집결했다.

일부 군사가 먼저 방패를 들고 길 양옆을 트자 풍우군 3개 부대가 앞으로 달려와 화살을 장전한 후 차례대로 화살을 발사했다.

강노에 장착된 풍우전은 전방 150보 밖에 서 있던 수백 개의 허수아비를 향해 그대로 날아가 고슴도치로 만드는 것으로 모의 훈련은 끝을 맺었다.

혹시 대단한 비밀이 숨겨져 있을까 싶어 눈을 크게 뜨고 풍우군의 훈련 장면을 유심히 지켜보던 미축과 허사는 이 군대의 특징이 대체 무엇인지 몰라 서로 얼굴만 바라볼 뿐이었다.

이에 도웅이 자신들에게 이를 보여준 의도가 무엇일까 의심마저 들기 시작했다.

그러는 사이 도웅은 노숙과 진등, 허저 등 몇몇 심복들을 거느리고 이들에게 다가와 인사를 건넸다. 두 사람이 황급히 예를 갖추고 화답하자 도응이 껄껄 웃으며 물었다.

"두 분은 내 풍우군을 어찌 보셨습니까? 정말 용감하고 날래지 않습니까?"

미축의 입에서는 본심과 다른 대답이 나왔다.

"진정 웅호(熊虎)의 군대가 따로 없었습니다."

"그건……"

하지만 허사는 도응의 장인인 여포의 신하다 보니 말이 거리낌이 없었다.

그는 잠시 주저하다가 솔직하게 말했다.

"제 무딘 눈으로 보기에는 이 풍우군에게서 특별한 점을 찾기 어려웠습니다. 일반 강궁병과 별다른 점이 없더군요."

이 말에 도응이 큰소리로 웃으며 대답했다.

"하하, 허 선생은 정말 솔직한 사람이구려. 바로 보셨습니다. 풍우군의 전투 방식은 일반 강궁병과 전혀 다르지 않습니다. 하지만 이후에는 특수한 장비를 갖추게 될 것입니다."

허사와 미축은 그제야 마음속으로 '그러면 그렇지'라고 중얼거렸다.

이자가 언제 외부인에게 속내를 드러낸 적이 있었던가? 도응은 이를 아는지 모르는지 호탕하게 말했다.

"그것 말고도 우리 풍우군에게는 특별한 점이 있습니다. 두 분은 직접 보셨으면서 이를 발견하지 못했습니까?"

"특별한 점이 있다고요?"

허사와 미축은 고개를 갸웃하며 다시 한 번 자세히 풍우군을 바라보았다. 한참 만에 허사는 마침내 무엇이 다른지 찾아내고 도응에게 말했다.

"사군, 풍우군이 사용하는 화살에는 왜 깃털이 없는 것입니까?"

하지만 도응은 소리 내 크게 웃을 뿐 아무런 대답도 하지 않았다.

허사는 괜한 질문을 한 건 아닌지 마음에 걸려 갑자기 긴장감이 밀려들기 시작했다. 이에 화제도 바꿀 겸 다급히 다른 말을 꺼냈다.

"사군, 양가의 통혼으로 이제 창읍과 서주는……."

그런데 허사의 말이 채 끝나기도 전에 연병장 밖에서 말 한 마리가 빠른 속도로 이들을 향해 달려왔다. 온몸에 먼지를 뒤집어쓴 병사가 말에서 내려 서주군에게 신분패를 내보이더니 허겁지겁 도응 앞으로 달려가 무릎을 꿇고 울먹이는 목소리로 흐느꼈다.

"주공……."

도응이 무슨 영문인지 몰라 물었다.

"너는 어디서 온 전령이냐? 무슨 급한 군정을 가지고 온 것이냐?"

그 전령은 입만 벌릴 뿐 아무런 대답도 없이 그저 눈물을 뿌리며 목이 메도록 흐느껴 울었다. 도응은 뭔가 심상치 않은 일이 터졌음을 직감하고 황급히 그의 팔을 붙잡고 소리쳤다.

"말해라. 대체 무슨 일이 벌어진 것이냐? 얼른 말해라!"

"소인… 소인은 회음의 사염 장군이 보낸 전령입니다."

그 전령은 하염없이 울면서 허리에 찬 호패를 꺼내 보낸 다음 다시 떨리는 손으로 피로 쓴 편지를 도응에게 건넸다. 그러면서 감정이 북받쳤는지 아예 목 놓아 울기 시작했다.

"원술 대군이 갑자기 회하를 따라 내려오더니 우이와 회음 두 성을 기습 공격했습니다. 우이가 함락되자 사 장군은 군사를 이끌고 나가 처절하게 싸우며 적군을 막아냈습니다. 또 광릉으로 남하하던 점군사마 진도 장군도 이 소식을 듣고 급히 회음으로 군사를 돌렸습니다. 그런데 이때 예상치도 못한 일이 벌어졌습니다. 원술군이 회하 둑을 무너뜨리는 바람에 아군 진영은 아수라장이 되고 진도 장군이 이끄는 5천 군사가 회하 강물에 모두 수몰되었습니다. 상황이 급박해지자 사염 장군은 소인에게 서주성으로 가 이 급보를 알리라고 명했습니다. 이에 소인은 죽음을 무릅쓰고 회하를 건넜습니다. 그런데 소인이 회하를 건너자마자 그만… 회음마저 함락되고 말았습니다."

도웅은 이 보고를 받고 그 자리에서 몸이 굳어버렸다. 곁에 있던 노숙과 진등도 할 말을 잃은 채 멍하니 서 있었고, 허저는 분노의 포효를 내질렀다. 하지만 이때 허사는 고개를 숙이고 몰래 웃음을 지었고, 미축 역시 고개를 숙인 채 입가에 음흉한 미소를 드러냈다.

∗   ∗   ∗

원술이 팽성이나 광릉이 아니라 회하를 따라 우이와 회음으로 쳐들어가는 노선을 택해 서주 남북의 연결을 절단하고, 회화 둑을 무너뜨려 진도가 거느린 5천 서주군을 수몰시켰다는 소식이 금세 서주성 전역에 퍼졌다. 이 날벼락 같은 소식에 서주는 발칵 뒤집혔다.

경계 상태에 있던 서주군이 즉각 전쟁 준비에 돌입한 것은 물론, 1천 5백 군자군은 회음을 구하러 곧바로 남쪽으로 내려갔다.

도웅이 안절부절못하는 틈을 타 허사가 은근히 권했다.

"여포 님께 구원을 청해 보심이 어떠실지?"

하지만 도웅은 감사하다는 말만 할 뿐 완곡하게 허사의 호의를 거절했다. 허사가 아무리 권해도 도웅이 내켜하지 않자 허사는 즉시 사람을 창읍으로 보내 여포에게 서주의 긴급 전황을 알렸다.

사흘 후, 허사가 보낸 전령이 창읍에 당도했다. 여포는 서주의 전황을 자세히 보고받고 손뼉을 치고 기뻐하며 만면에 희색을 띠었다.

"하하, 원술 놈에게 이런 재주가 있는지 몰랐어. 단숨에 서주의 5천 정예병을 몰살시키다니. 이제 나에게 서주를 취할 기회가 왔구나! 하하!"

곁에 있던 진궁도 같이 기뻐하며 감탄사를 연발했다.

"하, 누가 원술에게 이런 멋진 성동격서 계략을 냈을까요? 전에는 저도 원술이 팽성이나 광릉 중 한 곳을 칠 줄 알았습니다. 누군지 몰라도 회음을 주공 목표로 삼은 건 그야말로 신의 한 수였습니다. 회음은 서주의 전략적 요충지라 도응이 빨리 원군을 보내지 않으면 하비는 물론 광릉까지 위험해지게 생겼습니다."

여포가 흥분을 가라앉히지 못하고 진궁에게 물었다.

"공대, 이제 우린 어찌해야 하는가? 도응이 내게 구원을 청하길 꺼려 하니 아예 우리가 먼저 손을 쓰는 건 어떻겠나? 강적인 군자군이 회음으로 남하해 서주군은 족히 염려할 바가 못 되니 지금 쳐들어간다면 서주를 취할 가능성이 높을 것이야."

여포의 말에 진궁은 잠시 생각에 잠기더니 대답했다.

"주공, 너무 서둘지 마십시오. 며칠 더 사태의 추이를 지켜 보다가 다시 결정하는 게 나아 보입니다. 도응의 주력 부대가 아직 서주 북부에 집중돼 있어서 정면공격으로 승리를 취한 다 해도 손실이 막심해집니다. 그럼 결국 도응의 요해지를 틀 어쥔 원술에게 좋은 일만 시켜주는 꼴이 됩니다. 그러니 신이 보기에는 며칠 더 기다렸다가 도응의 주력 부대가 대거 남하 한 뒤 출격해도 늦지 않을 것입니다."

여포는 사실 의견을 구하려 물은 것이 아니었는데, 진궁이 자신의 생각과 반하는 견해를 내놓자 기분이 불쾌해졌다.

"공대, 매번 기다리라는 말밖에 할 줄 모르는가? 서주 때문 에 정도에서 곤경에 처한 장막과 장초에게 원군 한 번 제대로 못 보냈네. 또 조조에게 겹겹이 포위된 동군과는 아예 연락이 끊겨 버렸어. 게다가 서주를 노리려 호륙에 주둔하게 한 송헌 과 후성에게 들어가는 전량이 얼마나 되는지 아는가? 지금 가 까스로 기회가 찾아왔는데 또 내 출격을 막는 저의가 뭔가? 정도와 동군을 잃고, 도응이 회음을 되찾은 후 북방으로 군대 를 돌리면 지금까지의 노력이 다 허사로 돌아가네!"

여포의 추궁에 가슴이 답답해진 진궁은 어떻게든 출병을 저지할 구실을 찾으려고 노력하다가, 결국 어렵사리 입을 열었 다.

"하지만 주공, 우리에게는 군대를 출격시킬 명분이 부족합니다. 도응은 이제 주공의 사위입니다. 이유 없이 사위의 땅으로 쳐들어간다면 천하 사람들의 입방아에 오를……."

여포는 진궁의 말을 끊고 책상을 내려치며 소리쳤다.

"대장부가 세상에 태어났다면 공명을 최우선으로 삼아야 하는 법. 부유하고 풍족한 서주 땅을 차지한다면 가히 패업을 도모할 수 있는데, 그깟 이론쯤이야 뭐가 그리 대수란 말인가!"

진궁은 더 이상 여포를 설득하기 어렵다고 판단한 듯 쓴웃음을 짓고 말했다.

"주공의 생각이 기왕 그렇다면 저에게 서주를 취할 계책이 하나 있습니다. 주공께서는 사위를 구원한다는 구실로 친히 군사를 이끌고 남하해 서주성에 진주하십시오. 그런 다음 함께 원술을 깨칠 계획을 논의하자며 도응을 막사로 부르십시오. 도응이 기꺼이 응한다면 그 자리에서 그를 죽이고 서주를 취하시면 되고, 만약 오지 않는다면 장인의 명을 거역했다는 구실로 군사를 일으켜 그를 토벌하십시오."

여포는 크게 기뻐하며 고순에게 창읍성을 지키라고 명한 후 친히 1만 대군을 거느리고 남하했다. 이어 호류에 주둔 중인 후성과 송헌의 군대와 회합해 도합 2만 주력군을 이끌고 서주를 취하려 당당하게 출격했다.

한편 이튿날 여포가 서주를 구원하러 출격했다는 소식과 함께 원술이 회음을 접수하고 서주 정예병을 섬멸했다는 소식이 조조의 귀에까지 들어갔다. 동군을 공략 중이던 조조는 이 소식을 듣고 함지박만 한 웃음을 터뜨리며 입가에 음흉한 미소를 짓고 말했다.

"도웅 놈의 말로가 이제 멀지 않았구나. 원술이 요충지를 점령하고 여포가 근거지를 치러 갔으니 더는 버티지 못할 것이야!"

"원술의 허허실실 계략에 도웅도 이번에는 꼼짝없이 당하고 말았군요. 일거에 회음을 점령하고 서주군 5천을 수몰시키다니요?"

순욱도 원술의 신기묘산에 깜짝 놀라더니 조조에게 권했다.

"명공, 이런 절호의 기회는 조금만 늦어도 사라집니다. 여포가 남하한 틈을 타 빨리 동군을 취해야 합니다."

조조는 고개를 끄덕인 후 제장들을 소집해 즉각 엄명을 내렸다.

"만약 사흘 내에 성을 공파하지 못한다면 다들 목을 벨 것이다!"

조조의 명에 장수들은 군사들에게 한 발짝이라도 물러나는 자는 군법으로 다스리겠다고 겁박했다. 비장의 각오로 공격에 나선 조조군은 사흘 만에 동군을 함락하는 전과를 올렸다.

유비 또한 서주군이 참패했다는 소식을 들었다. 하지만 성격이 조심스러운 그는 무턱대고 공격에 나섰다가 겨우 그러모은 병사들을 잃는 것은 아닐까 염려해 감히 군대를 움직이지 못하고 있었다.

그런데 뒤이어 여포가 서주로 출격했다는 소식을 듣자 이내 쾌재를 부르며 3천 군사를 거느리고 남하했다.

밤낮으로 길을 재촉해 낭야군 치소 개양으로 짓쳐 들어간 유비는 군사가 많지 않은 개양을 얼른 접수한 후 미축의 근거지인 동해에 주둔할 계획을 세웠다.

*   *   *

여포는 서주로 향하는 도중에 먼저 도응에게 사신을 보냈다. 그는 편지에서 자신은 도응을 도와 원술의 침공을 막으려는 것뿐 다른 뜻은 없으니 자신의 군대를 영접하라고 말했다.

서주를 차지할 마음에 들뜬 여포는 군사들을 재촉해 행군을 서둘렀다.

이틀 만에 호륙에 당도해 이곳에 주둔 중인 후성, 송헌의 군대와 합류하고 호륙에서 하룻밤 휴식을 취한 후, 이튿날 날이 밝기도 전에 2만 대군을 거느리고 쉬지 않고 달려 서주 북부의 요해지인 소패에 이르렀다.

여포는 진궁의 권유에 따라 소패로 사신을 보내 소패 수장 손관에게 연락을 취했다.

자신의 군대는 서주를 도와 원술을 무찌르러 가는 중이니 길을 막지 말라고 분명히 밝혔다. 만약 두 집안의 의를 깨뜨리는 일이 발생한다면 모든 책임은 손관이 져야 한다는 협박도 잊지 않았다.

그런데 이때 여포와 진궁의 고개를 갸웃거리게 만드는 일이 발생했다.

파견한 사신은 돌아올 생각을 하지 않고, 정탐병만 돌아오더니 소패성 성문이 굳게 닫힌 채 성 안에 흰색 기 두 개만 꽂혀 있을 뿐 병사들은 한 명도 보이지 않는다고 보고했다.

여포와 진궁은 갑자기 의심이 들어 전군에 전투태세를 갖추고 조심스럽게 행군하라고 명했다. 동시에 이들은 상황을 파악하러 3천 정예병을 이끌고 앞으로 먼저 나아갔고, 양초와 치중은 후성과 송헌에게 맡기고 뒤따라오게 했다.

여포가 3천 군사를 거느리고 소패성 아래까지 당도해 보니 정말로 성안에는 사람 그림자 하나 보이지 않았다.

무슨 속셈인지 모르겠지만 서문 위쪽에 백기 두 개만 걸려 있을 뿐이었다.

여포와 진궁은 이 장면이 심히 의심스러워 급히 군사를 성 앞으로 보내 고함을 지르게 했다. 한참이 지나서야 성루 위로 사람이 나타났는데, 그는 바로 소패성 수장 손관이었다. 손관은 늘어지게 하품을 하더니 소리쳤다.

"누가 시끄럽게 떠드는 것이냐? 무슨 일이 났느냐?"

이에 여포군 군사도 큰소리로 대답했다.

"우리 주공 여온후께서 원술이 서주를 침범해 회음성을 빼앗았다는 급보를 듣고 친히 군사를 거느리고 구원하러 오셨습니다."

하지만 손관은 별로 대수롭지 않다는 듯 심드렁하게 말했다.

"아, 그런 것이구나. 가서 여온후께 전해라. 이 손중대가 먼저 온후께 감사드리고, 얼마든지 강을 건너 서주를 구하러 남하하라고 아뢰어라. 손관은 절대 길을 막지 않고 더욱이 온후의 치중 부대는 습격하지 않겠다고 말이다."

"절대 길을 막지 않겠다고? 또 치중 부대를 습격하지 않겠다니? 대체 이게 무슨 말인가?"

여포와 진궁은 서로의 얼굴만 바라보며 자신들이 소패를 침공하러 온 줄로 손관이 오해한다고 여겼다. 이에 여포가 친히 말을 몰아 성 아래까지 달려가 소리쳤다.

"손관 장군, 아군이 먼 길을 급히 달려오느라 도하 도구를 미처 챙기지 못했소. 잠시 성문을 열고 군사를 내보내 우리가 포수를 건너도록 부교를 설치해 주는 건 어떻겠소?"

손관은 난처한 표정으로 대답했다.

"온후, 왜 이리 말장을 곤란하게 만드십니까? 포수는 팽성 북부와 연결된 유일한 다리입니다. 우리 주공의 허락 없이 말장 멋대로 교량을 설치했다간 제 목이 성치 못할 것입니다."

이 말에 여포가 대로해 방천화극으로 손관을 가리키며 노호했다.

"손관, 대담하구나! 도응은 바로 내 사위다. 사위가 위험에 처해 장인이 구원을 왔는데 네가 난처할 일이 무에 있느냐? 마지막으로 말하겠다. 성을 열 것이냐 말 것이냐? 계속 내 성미를 건든다면 사위 앞에서 네놈의 죄를 꼭 묻고 말리다!"

손관은 거의 울상을 짓고 대답했다.

"온후, 군령은 태산과 같습니다. 말장이 어찌 함부로 어길 수 있겠습니까. 하지만 방법이 없는 것은 아닙니다. 마침 우리 주공께서 소패 부근에 계시니 직접 여쭈는 것 어떻겠습니까? 그러면 부교 몇 개가 아니라 백 개라도 당연히 연결해 드려야지요."

"뭐? 도응이 소패 근처에 있다고?"

여포와 진궁은 누가 먼저랄 것도 없이 얼굴색이 급변하며 일이 심상치 않게 돌아감을 깨달았다.

이어 여포가 도응이 어디에 있는지 묻자 손관은 포수 남안을 가리키며 크게 소리쳤다.

"온후, 잘 보십시오. 우리 주공은 저곳에 계십니다!"

여포와 진궁이 동시에 급히 고개를 돌려 포수 남쪽 기슭을 바라보았다.

그곳에는 언젠지도 모르게 말 두 필이 나란히 서 있었다. 말 한 필에는 전에 여포와 수십 합을 겨룬 허저가 당당하게 앉아 있었고, 또 다른 한 필에는 유생 차림에 방건(方巾)을 쓴 도응이 자신을 보며 미소를 짓고 있었다.

여포와 진궁은 무언가 꿍꿍이가 숨겨져 있다는 생각에 급히 말을 몰아 포수 기슭으로 달려갔다. 강을 사이에 두고 여포가 먼저 말을 꺼내려는 순간, 도응이 먼저 공수하고 예를 갖춰 말했다.

"사위 도응이 장인께 인사 올립니다. 그간 별래무양하셨습니까?"

여포는 또 이 자가 무슨 일을 꾸미고 있는 것 아니냐는 의심을 가지고 물었다.

"회음이 함락되고 서주 남북의 연결이 끊겼는데, 그대는 어찌 팽성을 지키고 않고 소패까지 올라온 것인가?"

"장인의 말씀대로 저 역시 팽성을 비우고 싶지 않았습니다. 하지만 제가 이곳에 온 데는 다 이유가 있습니다. 어떤 놈이 제 앞에서 원술이 개전한 틈을 타 장인이 서주를 넘본다고 모함하는 것 아니겠습니까? 저는 당연히 이 말을 믿지 않았지만 그래도 장인께 확답을 들어야겠기에 실례를 무릅쓰고 장인을 뵈러 온 것입니다."

이 말에 여포는 얼굴이 굳어지며 다급히 물었다.

"누가 그대 앞에서 그런 모함을 한 것인가?"

"다름 아닌 원술입니다. 원술이 저에게 사람을 보내 개전을 선포하면서 이렇게 말했습니다. 장인이 이미 원술과 맹약을 맺어 남북으로 서주를 협공하고 수수를 경계로 서주 땅을 나누기로 했다고 말입니다. 하지만 이는 저희 양 집안의 사이를 이간하고 함부로 군대를 남하시키지 못하게 하려는 원술의 간계임을 잘 알고 있습니다."

이 말을 듣고 여포와 진궁은 대경실색했다. 도대체 도응이 어디서 이 비밀 맹약을 들었단 말인가.

여포 군중에서 맹약의 내막을 아는 사람은 진궁과 여포뿐이었다. 이 둘이 비밀을 발설했을 리는 없으니 범인은 바로 원술밖에 남지 않는다!

곰곰이 사태를 따져보던 진궁은 원술의 간계에 속았다는 생각에 낮은 목소리로 여포에게 말했다.

"원술이 일부러 도응에게 맹약 사실을 발설한 건 다 이유가 있습니다. 도응이 쉽사리 남하하지 못하도록 만들어 서주 남부를 수월하게 수중에 넣고, 게다가 도응에게 아군과 싸우게 하여 앉아서 어부지리를 취하려는 것이죠."

"내 이 원술 필부 놈을!"

여포는 고개를 숙이고 이를 갈며 욕을 내뱉은 후, 다시 고개를 들어 남쪽 기슭의 도응에게 웃으며 말했다.

"하하, 원술의 터무니없는 거짓말을 믿는 겐가? 나는 그대와 옹서지간(翁壻之間)인데 어찌 원술 놈과 맹약을 맺고 그대를 해하려 하겠는가?"

"저도 당연히 믿지 않습니다. 이렇게 장인께서 친히 아무 관계도 없다고 말씀해 주시니 시름을 덜었습니다. 양 집안이 맺은 맹약은 여전히 유효하니 조조를 대적하는 데 전량이 부족하다면 언제든지 말씀만 주십시오. 이 사위가 힘닿는 대로 돕겠습니다."

여포는 가식적으로 고맙다는 인사를 건네고 본론을 꺼냈다.

"참, 회음에서 서주군이 홍수에 전멸당하고 요해인 회음성을 원술 놈에게 빼앗겼다고 들었네. 내 특별히 대군을 이끌고 구원을 왔으니 회음을 되찾는 건 문제도 아닐세. 이런 장인의 호의를 절대 사양하게 말게나!"

도응은 황급히 손사래를 치며 대답했다.

"아이고, 그건 잘못 아셨습니다요. 처음에 저도 회음이 함락된다는 소식을 듣고 서둘러 주력군을 회음에 파견했습니다. 그런데 머지않아 회음에서 또 한 가지 소식이 올라온 것 아니겠습니까. 원술군이 수문에 무지해 회하 둑을 무너뜨리는 위치와 시간을 잘못 맞추는 통에 홍수는 서주의 5천 군사에게 쏟아진 것이 아니라 외려 원술의 1만 5천 정예병을 쓸어버렸다고 말입니다. 또 회음성에서 이 틈을 타 출격해 홍수에 포위된 원술군을 3천 명이나 포로로 잡았답니다. 여기에 원술군의 전선과 양초, 치중까지 덤으로 얻고요."

"뭐라고?"

여포와 진궁은 얼굴이 하얘지며 입에서 외마디 비명이 터져 나왔다. 여포가 믿기지 않는다는 표정으로 물었다.

"그, 그것이 사실이란 말인가?"

"예, 사실입니다. 믿지 못하시겠다면 증거를 보여드리겠습니다."

그러더니 도응은 허저에게 눈짓을 보냈다. 허저가 고개를 끄덕이고 깃발을 흔들자 뒤쪽 숲에서 일성 포향이 울림과 동시에 토산 뒤와 숲 속에서 무수한 서주군이 줄지어 튀어 나왔다.

손에 깃발을 들고 칼과 창을 쥔 병사들은 조용히 도응 뒤 개활지에 열을 맞춰 도열해 섰다. 그 후방에서도 끊임없이 군사들이 쏟아져 나와 자리를 메우니 그 수를 헤아리기조차 어려웠다.

이를 신호로 소패성 안도 부산히 움직이기 시작했다. 성 위에 무수한 깃발이 꽂히고, 갑자기 튀어 나온 군사들이 성루에 빼곡히 자리해 여포군을 노려보고 있었다. 또 굳게 닫혔던 소패성 성문이 열리면서 손관과 진의가 군사를 이끌고 나와 소패성 아래에 진을 치고 여포군과 마주했다.

포수 상류에서도 숲 속에 매복해 있던 군사들이 일제히 쏟아져 나와 평원 지대에 집결했다.

창을 꼬나들고 말을 채찍질해 달려오는 장수는 바로 서주 대장 장패였다. 그는 두 눈을 부릅뜨고 여포 대오를 노려보았다.

좌우 양익과 정면에서 대규모 서주 군대가 출현해 여포군의 삼면을 봉쇄하자 소스라치게 놀란 여포 병사들은 두려워 벌벌 떨며 진용이 크게 어지러워졌다.

여포와 진궁도 얼굴이 사색이 됐다. 만약 도응이 진공 명령이라도 내리면 이곳이 곧 무덤이 될 판이었다.

도응 역시 북쪽의 까다로운 강적 조조만 아니었다면 말썽만 일으키는 여포를 없애 버리고 싶은 마음이 간절했다. 하지만 전략적인 측면에서 이내 노기를 억누르고 웃으면서 여포에게 말했다.

"보셨습니까? 회음에서 대승을 거두지 않았다면 제가 무슨 담력으로 서주 주력군을 이끌고 장인을 영접하러 나왔겠습니까?"

여포는 어찌 대답해야 좋을지 몰라 진궁에게 도움을 청하는 눈빛을 보냈다.

진궁은 회음의 승부가 어떻게 결말났는지 모르겠으나 오늘은 절대 도응의 비위를 건드려선 안 된다는 생각에 미소를 짓고 말했다.

"도 사군, 감축드립니다. 사신의 와언(訛言)에 아무래도 온후께서 괜한 걱정을 한 모양입니다. 또 한 가지, 서주에 파란을 몰고 올 만큼 잘못된 소식을 전한 사신의 목을 베 일벌백계로 다스리십시오."

"공대 선생의 말씀이 심히 옳습니다. 내 꼭 그자의 목을 베 군령의 엄중함을 알리겠습니다."

"사군의 남쪽 전선에 아무 이상이 없음을 확인했으니 아군도 강을 건널 필요가 없어졌군요. 온후, 장막이 몇 차례나 구원을 요청했습니다. 빨리 정도로 군대를 물리시지요."

"그래, 그래야지. 다들 군대를 물리고 정도를 구하러 간다."

여포는 진궁의 말을 알아채고, 전군에 이렇게 명을 내린 다음 도응에게 말했다.

"들었나? 그대를 구하기 위해 내 오랜 전우인 장맹탁(張孟卓)의 구원 요청도 무시하고 달려왔다네. 그러니 절대 이 장인의 은덕을 잊지 말아주게."

맹탁은 장막의 자다.

"물론입죠. 장인의 대은을 어찌 잊을 수 있겠습니까. 훗날이 은혜에 보답할 날이 있을 겁니다."

여포는 호탕하게 웃음을 터뜨린 후 진궁과 함께 말머리를 돌려 대오를 이끌고 속히 북쪽으로 내달렸다.

여포가 떠나가는 모습을 바라보던 허저가 도응에게 낮은 목소리로 말했다.

"주공, 얼른 진공 명령을 내리시지요."

"이번 한 번은 봐줄 생각이오. 조조에 대항하려면 아직 이 용가치는 있으니까요."

허저는 이런 절호의 기회를 놓치는 것이 아쉬운 듯 씩씩거리며 소리쳤다.

"주공, 그럼 말장을 낭야로 보내주십시오. 이 손으로 유비의 목을 베 주공께 바치겠습니다!"

"굳이 장군이 갈 필요는 없소. 장군보다 유비를 몇 배는 더 증오하는 도기가 지금 요절을 내고 있을 테니."

『전공 삼국지』 5권에 계속…

초대형 24시 만화방

신간 100%, 샤워실, 흡연실, 수면실(침대석), 커플석, 세탁기 완비

■ 일산 정발산역점 ■

경찰서 ● | 정발산역 ●

제2 공영주차장 ● | 롯데백화점 ●

24시 만화방

E C A
라페스타
F D B

라페스타 E동 건너편 먹자골목 내 객잔건물 5층
031) 914-1957

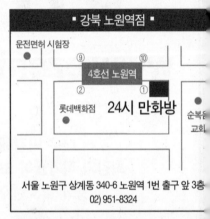

■ 강북 노원역점 ■

운전면허 시험장 ●

⑨ ⑩

4호선 노원역

② ①

롯데백화점 ● | 24시 만화방 | 순복음
교회

서울 노원구 상계동 340-6 노원역 1번 출구 앞 3층
02) 951-8324

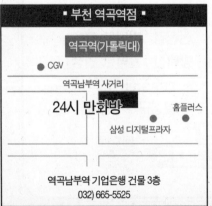

■ 부천 역곡역점 ■

역곡역(가톨릭대)

● CGV

역곡남부역 사거리

24시 만화방 | 홈플러스 ●

삼성 디지털프라자 ●

역곡남부역 기업은행 건물 3층
032) 665-5525

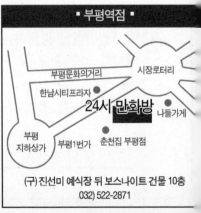

■ 부평역점 ■

시장로터리

부평문화의거리
한남시티프라자 ● | 24시 만화방 | 나들가게

부평
지하상가 | 부평1번가 | 춘천집 부평점 ●

(구) 진선미 예식장 뒤 보스나이트 건물 10층
032) 522-2871

떡운 장편 소설

FUSION FANTASTIC STORY

전공
삼국지

2세기 말 중국 대륙.
역사상 가장 치열했던 쟁패(爭覇)의
시기가 열린다!

중국 고대문학을 공부하던 전도형,
술 마시고 일어나니 도겸의 둘째 아들이 되었다?

조조는 아비의 원수를 갚으러 쳐들어오고
유비는 서주를 빼앗으려 기회만 노리는데…….

"역시 옛사람들은 순수하다니까.
유비가 어설픈 연기로도 성공한 데는 다 이유가 있지, 암."

때로는 군자처럼, 때로는 효웅처럼!
도형이 보여주는 난세를 살아가는 법!

Book Publishing CHUNGEORAM

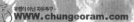

이경영 판타지 장편소설

FANTASY FRONTIER SPIRIT

그라니트

용들의 땅

GRANITE

사고로 위장된 사건에 의해 동료를 모두 잃고 서로를 만나게 된 '치프'와 '데스디아'.
사건의 이면에 상식을 벗어난 음모가 있음을 알게 된 둘은
동료들의 죽음을 가슴에 새긴 채 각자의 고향으로 돌아간다.
2년 후, 뜻하지 않게 다시 만난 두 사람은 동료들의 복수를 위해
개척용역회사 '그라니트 용역'을 설립해 다시금 그 땅을 찾게 되는데……

용들이 지배하는 땅 그라니트!
그곳에서 펼쳐지는 고대로부터 이어지는 운명적 만남,
깊어지는 오해, 그리고 채워지는 상처.

『가즈 나이트』시리즈 이경영 작가의 미래형 판타지 신작!

Book Publishing CHUNGEORAM

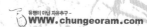

유행이 아닌 자유추구 -
WWW.chungeoram.com